Nannerl Wenger

WENN DAS LEBEN TANZT

„Dieses Buch widme ich einem besonders passionierten
Buchhändler, Erich Mayer, meinem Vater.
Er hat mich Wesentliches gelehrt."

„Eva Maria und Tom: Danke für Eure Unterstützung!“

Nannerl Wenger
(Salzburg, im Jahr 2021)

Impressum

Verlag Berger Horn/Wien
www.verlag-berger.at
Layout: Tom Gschwandtner, 3580 Horn
Druck: Ferdinand Berger & Söhne GmbH, 3580 Horn

ISBN 978-3-85028-953-5
1. Auflage 2021

VERLAG BERGER

Vorwort von P. Alexander Puchberger

Die schönsten Geschichten schreibt das Leben -

nein, die Liebe!

Menschen zu begegnen ist für mich ein Geschenk. Ja, es ist ein Geschenk für mich, Nannerl Wenger begegnet zu sein.

Ich bin Franziskaner und neun Jahre lang haben wir uns oftmals in der Salzburger Franziskanerkirche getroffen. Vor allem ihre Liebe zu ihren Therapie-Hunden und was sie mit ihnen macht, ist mir in bester Erinnerung. So habe ich keinen Augenblick gezögert, sie mit ihren KIBELLO-Hunden jedes Jahr am 4. Oktober zur Segnung in unsere Kirche zu lassen, obwohl vierbeinige Freunde sonst draußen bleiben.

Ich habe gespürt, dass Nannerl ein liebevoller Mensch ist. Dass sie zu solcher Liebe fähig ist, die sie in ihrem Buch beschreibt, war mir aber neu!

Sie gibt uns vertrauensvoll Einblick in intensivste Erfahrungen ihres Lebens. Sie hatte vor Jahren ihren Mann Harald durch Krankheit verloren, nun gibt sie erneut dem Verlieren einen Platz - aus Liebe! Stephen trat für neun Monate ins Leben von Nannerl. Stephen ist schwer krank. Krankheit erfordert Hilfe. Die Liebe mag sie zu geben! Das Empfangen und Geben, das Gewinnen und Verlieren, all das wird durch die Liebe sinnvoll. Liebe will nicht leiden lassen, will Leiden teilen, mittragen, abnehmen. Soweit als möglich. Nannerls Überzeugung ist, dass „selbst Bruder Tod unsere Verbindung nicht zerstören kann“ (Nannerl Wenger, auf Seite 44).

Liebendes Leben und leidvolles Sterben liegen eng beieinander! Durch das liebevolle Ausloten von Nähe und Distanz kann so Vieles gut gelingen. Grenzen verschwinden - Liebe verbindet Himmel und Erde!

Viele Liebesgeschichten sind schon geschrieben worden. Nannerl fügt ihre Liebesgeschichte hinzu und das empfinde ich keineswegs als überflüssig.

„Herr, deine Güt ist unbegrenzt“ singen wir in Maria Luise Thurmair`s Lied aus dem Gotteslob. Nannerl und Stephen durften neun Monate aus dieser Güte schöpfen.
Wir werden in diesem Buch Zeugen davon.

P. Alexander Puchberger, Franziskaner

Nannerl Wenger

WENN DAS LEBEN TANZT

Die Geschichte von Stephen und Nannerl

Bei traumhaftem Wetter im Oktober 2018 hatte ich die Route von Salzburg nach Italien über Tirol, dann durchs Engadin und über den Bernina-Pass gewählt. Mit an Bord meines VW-Busses war meine zwölfbeinige Hundegruppe mit Stella, Etoile und Shana. Das Endziel der Reise war wieder unser kleines Bergdorf Greppolungo in den Apuanischen Alpen, das ich noch vor Einbruch der Dunkelheit erreichen wollte.

Kurz vor St. Moritz bog ich Richtung Tirano ab und als die Straße steiler wurde, hielt ich in einer Ausweiche an, um einen Blick auf den über 4000 Meter hohen Piz Bernina werfen zu können. Dieses schneeweiße Bergmassiv vor dem blitzblauen Herbsthimmel war unglaublich faszinierend, ich konnte mich kaum sattsehen. Ich spürte große Dankbarkeit, ein Naturschauspiel wie dieses sehen zu dürfen, und bewahrte es tief drinnen in mir auf. Plötzlich schoss mir ein Gedanke durchs Herz: Hatte nicht mein Stephen vor vielen Jahrzehnten dieselbe Ausweiche genommen, damit sein Freund ein Foto von

ihm vor dieser Bergkulisse machen konnte? Ich sah das Foto des lachenden, jungen Stephen, das ich gerahmt bei mir zuhause aufgestellt habe. War dies nicht ein Wink aus einer anderen Sphäre, dass ich hier stehenbleiben sollte?
Mit Herzklopfen und Schmunzeln setzte ich meine Fahrt fort und dachte intensiv an meinen schicksalshaften Lebensabschnitt durch die Begegnung mit Stephen zurück.

April 2012: Wenn sich Wege kreuzen

Durch eine italienische Freundin auf dieses schöne Tal in Mittelitalien, nahe Lucca, aufmerksam gemacht, bog ich mit meinem VW-Bus von der Hauptstraße ab, um es zu erkunden. Meine Golden Retriever-Hundegruppe, die 2012 mit mir zusammenlebte, bestand aus Giacomo, Stella und Etoile. Es war der 25. April, in Italien der „Tag der Befreiung“ (1945), und es war an der Zeit mit den Hunden einen ausgiebigen Spaziergang zu machen.
So parkte ich in Fiano beim Glockenturm neben der Kirche und ließ die Vierbeiner vorerst im Auto. Ich wollte die schmale, bergwärts führende Straße inspizieren, ob sie hundetauglich ist. Da hörte ich von links einen Hund bellen und nahm einen Mann bei der Gartenarbeit wahr. Den frag ich, dachte ich, der weiß sicher einen

hundegerechten Spazierweg. Er wies mir die Straße zum Ortsfriedhof, von wo ein Wanderweg durch Kastanienwälder beginnt. Plötzlich, während der Mann noch erklärte, fiel mein Blick auf die violetten Schwertlilien vor seiner Gartentüre. „Darf ich ein Foto von den Lilien machen?“, fragte ich.
Der Gärtner bejahte, fügte aber hinzu, dass in seinem Garten noch viel mehr von diesen Blumen wären. Ich trat ein und stellte mich vor, dass ich Österreicherin bin, aus Salzburg stamme und seit vielen Jahren mit Hunden zusammenlebe, mit denen ich auch arbeite.
Dass ich mit den Hunden arbeite, darüber war der Mann sehr erstaunt und wollte mehr wissen. Ich erklärte, dass es ausgebildete Therapiehunde für Kinder sind.

Der vermeintliche Italiener war ein Engländer und bot mir Tee oder Wein an. Ich war erfreut, dass er aus Großbritannien stammte und wir sprachen sofort englisch miteinander. Ich mag diese Sprache gerne und sie ist mir vertraut, wurde doch schon in meiner Kindheit zuhause öfters englisch gesprochen. Später habe ich in der Schule diese Sprache perfektioniert. Beide Elternteile hatten eine Affinität zu England gehabt, meine Mutter hatte zwei Jahre dort gelebt und gearbeitet.

Seine Lilien in den verschiedensten Farbschattierungen bewunderte ich nur kurz, denn es fiel mir plötzlich wieder ein, dass die Hunde auf ihren Spaziergang warteten. Daher lehnte ich seine Einladung ab. Da der Engländer, er hieß Stephen, unbedingt meine Hunde kennenlernen wollte, begleitete er mich zu meinem Bus. Doch das Gespräch zwischen uns wollte nicht enden. Auch dann nicht, als Stephen mir erzählte, dass er Krebs habe. Kurz erschrak ich über diese Aussage. Da Stephen aber voll Vitalität vor mir stand, beruhigte ich mich rasch, dachte, dass es viele Krebsarten gibt und manche auch heilbar sind. Ich fragte nicht nach, welcher Teil seines Körpers von dieser Krankheit betroffen war.

Beim Verabschieden sagte ich zu ihm, obwohl ich ihn noch keine halbe Stunde kannte: „Gott segne dich!“, dieser spontane Ausruf kam so prompt und direkt aus meinem Herzen. Noch einmal erklärte er mir den Weg zum Friedhof, aber er bat mich, mit dem Auto kurz bei seinem Gartentor stehen zu bleiben.

Er drückte mir eine DVD in die Hand, damit ich ein bisschen mehr über ihn erfahre. Er hatte mir erzählt, dass er Künstler sei, nun sah ich am Cover einen Tänzer und wurde neugierig. Die DVD nannte sich „Die wunderbare Reise eines Straßentänzers“.

Auf der Rückseite des Covers entdeckte ich den Lebenslauf von Stephen Ward. Er stammte aus Newcastle im Nordosten von England und hatte bereits mit neun Jahren seine Tanzausbildung begonnen. Ab seinem sechzehnten Lebensjahr absolvierte er die Royal Ballet School in London. Die Abschlussvorstellung fand im Royal Opera House Convent Garden, London, statt. Seine Engagements führten ihn nach Lissabon (Portugal) zum Ballett Gulbenkian und an die Oper in Stockholm (Schweden). Er war Solotänzer in Luzern (Schweiz), bevor er sich dem Ballet Rambert in London anschloss. Im Jahr 1982 gründete er seine eigene Tanzkompanie in Südengland, genannt „Focus on Dance". Vier Jahre später entschloss er sich als Straßentänzer durch Europa zu ziehen. In vielen Städten rollte er seinen Tanzteppich aus, schaltete die Musik ein und brachte die Zuschauer zum Staunen. In Holland, Belgien, Frankreich, Deutschland, Schweiz, Österreich, Tschechien, Spanien und Italien „ertanzte" er sich viele Jahre lang seinen Lebensunterhalt auf Plätzen und auf Straßen.

Das Auto parkte ich beim Friedhof und wanderte beschwingt durch die Kastanienwälder. Irgendetwas in mir war anders, irgendetwas hatte mich tief berührt.

Die Hunde genossen es, endlich sausen und schnuppern zu können und ich fotografierte den wunderschönen aufblühenden gelben Ginster.
Abends telefonierte ich mit Elisabeth, meiner Schwester in Innsbruck und erzählte ihr kurz von der Begegnung mit dem Tänzer. Ich selbst merkte nicht, dass sich dabei meine Stimme verändert hatte, aber meine Schwester teilte es mir später mit, dass sie aufgeregt, überschwänglich und besonders liebevoll klang.
Da ich kein Fernsehgerät besitze, fragte ich meine Nachbarin in Greppolungo, in meinem kleinen Gebirgsdorf, ob ich mir gelegentlich die DVD des Tänzers bei ihr anschauen dürfe. „Darf ich sie auch sehen?“, war Marias Gegenfrage. Uns beiden liefen Tränen über die Wangen, als wir Stephens hingebungsvolle Tänze mit wunderbarer Musik an den faszinierendsten Plätzen in der Natur bestaunen durften. Es war ein ganz besonderer Kunstgenuss. Er tanzte in Fluss-Schluchten mit türkisfarbenem Wasser, auf weißen Marmorblöcken, dann wieder wie eine Spinne auf steilen Felsen. Oder auf einem hohen Pass in der Schweiz - mit atemberaubender weißer Bergkulisse und vor den tosenden Rheinfällen. Den Tanz zu der Orchestersuite Nr. 3 von Johann Sebastian Bach empfand ich als enorm innig, wie ein Gebet an unseren

Schöpfer. Maria und ich waren von den besonders ausdrucksvollen Tänzen zutiefst beeindruckt.
Doch am anderen Tag zögerte ich ein wenig, abermals zu Stephen zu fahren. Ich blieb in meinem Dorf, musste mich aber mit großer Kraft zurückhalten.
Luftlinienmäßig war es nicht weit, jedoch ein hoher Berg erhob sich zwischen den beiden Ortschaften. Die kurvenreiche Straße machte einen ziemlichen Umweg. Den nahm ich aber zwei Tage später gerne in Kauf, nämlich, als Maria mich bat zu Stephen zu fahren, um zwei Tanz-DVDs zu kaufen: eine bräuchte sie als Geburtstagsgeschenk und eine für sich selbst.
Es war zur Mittagszeit, als ich mit einem Korb bepackt mit Brot, Käse, Oliven und Wein vor Stephens Gartentüre ankam, doch es gab keine Spur von ihm und seinem Hund. So setzte ich mich mit meinen drei Vierbeinern in den Schatten des nahegelegenen Glockenturms.
Ich war ruhig und aufgewühlt zugleich. Begann in meinem Tagebuch zu schreiben und warf ab und zu einen Blick in seinen Garten. Es dauerte nicht lange, bis ich ihn zurückkommen sah. Auf beiden Seiten war die Freude des Wiedersehens groß, selbst unter den Hunden. Wir suchten den schattigen Tisch im obersten Teil seines steil abfallenden Gartens auf. Stephen genoss das gemeinsame

Essen sehr, ich brachte kaum einen Bissen hinunter, so sehr vertieft war ich ins Gespräch. Ich konnte mich nicht erinnern, jemals so offen und intensiv mit jemandem gesprochen zu haben, den ich gerade erst kennengelernt hatte. Es ging niemals um materielle und oberflächliche Dinge, sondern um die tiefgründigen Fragen des Lebens.
Stephen brachte mir sehr viel Wertschätzung und Einfühlungsvermögen entgegen, dies genoss ich sehr, und ich lauschte begeistert seinen Erzählungen, die so ehrlich und schlicht klangen.
Wir stellten eine starke Seelenverwandtschaft fest und waren erfüllt mit innerer Freude über die gemeinsame Zeit. Welche Faszination!
Ich bewunderte diesen bescheidenen Menschen, der ohne Strom- und Wasseranschluss in seiner kleinen umgebauten Scheune lebte. Er strahlte eine unglaubliche Zufriedenheit aus. Was für ein ungewöhnlicher Mensch! Mich erstaunten seine tiefe Spiritualität, die Schlichtheit, sein achtsamer Umgang mit der Natur, sein großes Umweltbewusstsein, aber auch sein oft hartes, entbehrungsreiches Leben.
Ich musste schmunzeln, als er mir erzählte, dass er nicht nur Selbstversorger aus seinem Garten ist, sondern auch wilde Beeren, Pilze und Pflanzen sammelt, um sie zu

essen. Genau das ist auch meine Leidenschaft, teilte ich ihm mit großer Freude mit. Die Liste der Gemeinsamkeiten wurde immer länger: die Liebe zur Toskana, klassische Musik, Freude am Schreiben, die Arbeit im Garten, die große Liebe zu unseren Hunden und zur gesamten Natur, und natürlich der Tanz. Beim Tanz war Stephen der Profi und ich die interessierte Amateurin. Beim Verabschieden bat er mich, für ihn zu beten, diesem Wunsch kam ich sehr gerne nach.

Nun stand plötzlich dieser ungewöhnliche Mann im Mittelpunkt meines Lebens, und nicht nur tagsüber, auch in der Nacht waren meine starken Gefühle und Gedanken bei ihm. Irgendetwas an Stephen hatte für mich mit dem Heiligen Franziskus zu tun. Bei der sonntäglichen Eucharistiefeier in der Abtei Badia, unterhalb von Greppolungo, bat ich Gott ganz inständig, Stephen zu beschützen.
Erneut wandte ich mich an Maria, um mir nochmals die Tanz-DVD anschauen zu dürfen, was Maria sofort schmunzelnd bejahte.
Nun, nach den gemeinsam verbrachten Stunden mit Stephen erkannte ich beim Ansehen der DVD in seinen

vollendeten Körperbewegungen und der strahlenden Mimik, seine große Ehrfurcht und Liebe zu Gott.

Mit Maria aß ich an diesem Abend in der Osteria unseres Ortes. Mein Strahlen verriet ihr und der befreundeten Besitzerin des Lokals, wie glücklich ich mich fühlte und wir lachten und scherzten viel. Mitten in der Nacht wachte ich auf, geweckt durch meinen eigenen dröhnenden Herzschlag. Was war das? Hatten Stephens und meine Gedanken und Gefühle zusammengefunden? So ein Beben in meinem eigenen Körper hatte ich noch nie erlebt. Ich sah Stephens strahlend blaue Augen vor mir und empfand eine tiefe Sehnsucht.

Zwei Tage später fuhr ich auf einer neu entdeckten Passstraße zu ihm, er aß gerade zu Mittag, als ich eintraf. Seit einiger Zeit war er ohne Mobiltelefon, er hatte es irgendwo verloren. Ein Freund aus London hatte ihm eine Notiz vor der Eingangstür hinterlassen und Stephen wollte sich bei ihm melden. Er bat mich eine SMS zu schreiben und die Antwort kam prompt: Wir sollten Pete, so hieß sein Freund aus London - er besaß ein Ferienhaus in einem nahegelegenen Ort - an diesem Tag besuchen. Gegen meine sonstige Gewohnheit ließ ich meine Hunde auf einem Parkplatz im VW-Bus zurück, da die Straße zu Petes Feriendomizil sehr schmal war und stieg zu Stephen und seiner Hündin Migie ins Auto. „Was bedeutet der Name Deines Hundes?“, wollte ich auf einmal wissen. „So nennt man die ganz kleinen, lästigen Fliegen in Nordengland und Schottland.“ Stephen hatte in seiner Kindheit nahe der schottischen Grenze gelebt und in seiner Jugend viel Zeit im nördlichen Nachbarland verbracht.

Pete freute sich Stephen wieder zu sehen und mich kennen zu lernen. Er war gerade beim Renovieren der Küche seines rustikalen Hauses, das wie eine mittelalterliche Festung wirkte. Beim intensiven Gespräch mit Pete spürte ich abermals, wie gerne ich die englische Sprache verwendete. Aber sorgenvoll bemerkte ich plötzlich, wie müde Stephen wirkte und wie still er geworden war. Pete war neben seinem Beruf als Fotograf und Bildhauer auch ein großer Tierfreund und besaß einen Jack Russel Terrier. Stephen drängte zum Aufbruch, er wies darauf hin, dass er sich noch Medikamente besorgen müsste. Auf meine Frage, warum er so wenig gesprochen hatte, meinte er: „Euer Gespräch zu verfolgen, fand ich spannend und schön.“ Der Zeitdruck, zu den Medikamenten zu kommen, wurde noch größer, da wir auf halber Strecke umdrehen mussten, weil ich meinen Mantel samt Autoschlüssel

vergessen hatte. Es gab kein Wort des Vorwurfs, kein Wort von Ungeduld bei Stephen. Darüber war ich sehr glücklich und dann froh, meine Hunde am Parkplatz endlich aus dem Anto zu lassen.
Bevor Stephen mit Hündin Migie in seinem Auto losfuhr, umarmte er mich lange und innig, so, als hätte er jede Zeit der Welt. All seine Umarmungen spüre ich heute noch.

Ich fuhr zum Bahnhof in Lucca, um meine Schwester abzuholen. Ich freute mich sehr auf sie. Wir wollten hier in der Toskana ein paar gemeinsame Tage verbringen. Elisabeth, die sich schon lange für Tanz und Tanztheater interessierte, bekam von mir eine Stephen-DVD geschenkt. Ich hatte ihm schon etliche DVDs abgekauft, worauf er lächelnd und spitzbübisch meinte, ich würde sie vielleicht mit Gewinn weiterverkaufen.

In diesen Tagen stellte ich etwas Neues an mir fest: normalerweise konnte ich in jeder erdenklichen Position auf jeglichem Untergrund schlafen. Nun aber wachte ich in der Nacht immer wieder auf und konnte kein Auge mehr zumachen. Es war mir klar, dass dies mit Stephen in Zusammenhang stehen musste. Sein Schicksal berührte mich bis in mein tiefstes Inneres. Ich kannte ihn erst so kurz und doch war er mir schon vertraut und nahe. Besonders in den nächtlichen Wachphasen betete ich ganz intensiv um seine Gesundheit. Er hatte mir inzwischen erzählt, dass er etwa zwei Jahre zuvor die Diagnose Darmkrebs erhalten hatte und sofort operiert worden war. Die anschließende Chemotherapie hatte er abgebrochen, weil es ihm dabei sehr schlecht gegangen war. Im Herbst 2011 waren Metastasen in Lunge und Leber festgestellt worden. Die Ärzte hatten ihm gesagt, dass seine Lebenszeit sehr limitiert sei.

„Lieber Gott, der Du mich mein ganzes Leben väterlich geführt hast, ich vertraue Dir auch in dieser schwierigen Situation. Lass mich mein Leben für das von Stephen geben“, betete ich in diesen wachen Stunden.

Stephen hatte mir berichtet, dass im vorangegangenen Herbst ein Feuer in seiner Hütte, am oberen Ende des Gartens, ausgebrochen war und dabei alle seine CDs und andere persönliche Dinge vernichtet wurden. Ich wollte ihm aus meiner kleinen CD-Sammlung etwas schenken und wählte Mahlers „Auferstehungs-Symphonie“ aus.

Nach dem Besuch bei Pete hatte Stephen gemeint, er wolle mich, sofern es ihm gesundheitlich gut gehe, am Donnerstag in meinem Dorf besuchen kommen. Eine gute

Gelegenheit, ihm diese CD zu schenken. Wenn er auch keinen elektrischen Strom hatte, so konnte er mit Hilfe einer Autobatterie auf einem tragbaren CD-Player Musik hören.
Der Donnerstag kam und wir begegneten uns freudestrahlend auf der kleinen Piazza von Greppolungo. Stephen überreichte mir einen großen Strauß wundervoller violetter Schwertlilien aus seinem Garten. Und es wurde ein besonders glückseliger Tag! Dieses Strahlen in seinen hellblauen Augen, dieser achtsame Umgang mit allem Lebendigen, und dieses beglückende Gefühl, die gegenseitige Zuneigung zu spüren.
Wir spazierten gemeinsam mit Elisabeth und den vier Hunden durch Kastanienwälder und Olivenhaine. Wir aßen im Freien und sangen anschließend franziskanische Lieder, wie „Der Herr segne Dich, der Herr behüte Dich“, und redeten mehr über Gott als über die Welt. Wir genossen den gegenwärtigen Augenblick in vollen Zügen. Spät am Abend beim Verabschieden und Umarmen sagte Stephen zu mir: „it's magic!“

Zwei Tage später, auf der Heimfahrt Richtung Salzburg, fuhr ich noch kurz bei Stephen in Fiano vorbei und brachte ihm einen rosaroten Geranienstock, den ich vergessen

hatte, ihm bei seinem Besuch in Greppolungo mitzugeben. Als ich sein Haus betrat, fand ich ihn tanzend und lächelnd und wusste, dass es ihm gut geht. Er nahm meine Hände in die seinen und sagte: „Ich möchte nicht, dass Du wegen mir leiden musst.“
Ich versuchte immer wieder ganz im Augenblick zu leben und keine Gedanken an die Zukunft zu verschwenden.

Zurück in Salzburg

Es wartete jede Menge Arbeit auf mich, da ich die Gründerin und Leiterin des Vereins KIBELLO bin. Wir sind zehn engagierte Frauen, die mit ihren ausgebildeten Therapiehunden Kinder und Jugendliche in Salzburger Kinderspitälern besuchen. Es sind die verschiedensten Stationen, wie beispielsweise Onkologie, Psychosomatik oder Psychiatrie, wo die jungen Patienten mit den Hunden in Kontakt treten und verschiedenes mit ihnen ausprobieren dürfen. Auch Schulen und Kindergärten besuchen wir gerne. Neben den Einsätzen gibt es zusätzlich viel Arbeit beim Schreiben der Vereinszeitschrift, beim Produzieren des jährlich erscheinenden Hundekalenders, dem Anleiten von

Trainingsspaziergängen und der Erledigung der Vereins-Buchhaltung.

Da Stephen sein Mobiltelefon nicht wiedergefunden hatte, war unser Kontakt auf das Briefschreiben beschränkt, was aber ohnehin zu unserer Leidenschaft gehörte.
Wenige Tage nach meiner Ankunft in Salzburg fand ich im Briefkasten ein zur Postkarte umfunktioniertes Foto von Stephen, das ihn entspannt und glücklich mit seinem verstorbenen Lieblingshund Hector zeigte. Auf der Rückseite fand ich den schönsten Liebesbrief, den ich jemals in meinen Händen gehalten hatte. Ich setzte mich im Garten auf die Holzstiege, es war ein strahlend schöner Tag, und las ganz langsam, Wort für Wort. Immer wieder stockte mir der Atem über das, was Stephen für mich verfasst hatte. Er schrieb: Mahlers Auferstehungs-Symphonie hatte ihn in die Zeit seiner zwanziger Jahre zurückversetzt, diese Musik hatte ihn damals auf seinem Lebensweg in einer sehr kreativen Phase begleitet. Eine unglaubliche Zeit war es gewesen und auch ein Erwachen und Erkennen einer inneren Stimme. „Sollte ich morgen sterben, so sterbe ich als glücklicher Mensch, denn nun ist mir bewusst, dass alles seinen tiefen Grund hat im Leben.“
Er schrieb, dass er auf seiner Reise auf Erden viele

hochinteressante Menschen getroffen hatte, dass ich für ihn aber einfach unbeschreiblich bin und er mir nur aus ganzem Herzen dafür danken kann.
Welche zauberhafte Fügung war es, dass ich gerade diese Musik für ihn ausgesucht und damit so viel Schönes ausgelöst hatte.

Im Klostergarten der Franziskaner erzählte ich meinem befreundeten Pater Alexander von der schicksalshaften Begegnung mit Stephen und auch von seiner fortgeschrittenen Darmkrebserkrankung. Dabei konnte ich die Tränen nicht zurückhalten. Der Priester versprach, mit seinen Franziskaner-Brüdern für uns beide regelmäßig bei der Vesper zu beten. Es war ein wichtiger und wohltuender Trost für mich.

Nicht nur meine Aufgabe bei KIBELLO nahm viel Zeit in Anspruch, natürlich erforderten auch meine drei großen Hunde einige Arbeit. Dazu kamen die Pflege des Hauses und die des Gartens. Und immer wieder dominierende Gedankensprünge in den Süden.
Untertags gönnte ich mir kaum Pausen, nur abends im Bett und ganz bald in der Früh fand mein Herz beim

Musikhören Ruhe und Frieden, in Liebe an Stephen denkend.
In dieser Zeit verstärkte sich auch meine Sehnsucht nach der Eucharistiefeier. Es war ein ganz stilles Weinen während der Heiligen Messen.
Glücklich fühlte ich mich beim Briefschreiben an Stephen. Obwohl es eine Art Monolog war, spürte ich seine Nähe auf besondere Weise.
Der zweite Brief, den ich von ihm bekam, war bis auf einen einzigen Satz auf Deutsch geschrieben. Er kannte und konnte also meine Muttersprache sehr gut: „Es wird schön, wenn Du kommst im Mai … ich fühl mich jetzt schon wie im Himmel!"

Mystische Orte

Nach drei Wochen intensivster Arbeit in Salzburg startete ich wieder in den Süden - etwa 800 Kilometer Distanz - aber mit jedem Kilometer kam ich Stephen näher. Eine innere Stimme vermittelte mir geduldig zu sein und keine Erwartungen zu haben. Zwei Tage blieb ich in meinem kleinen Haus in Greppolungo, denn Stephen hatte geschrieben, er habe schon vor langer Zeit ein mehrtägiges Treffen mit Freunden aus Kanada, England und Italien vereinbart an einem weiter südlich gelegenen Ort der Toskana. Dieses Treffen konnte er nicht verschieben, verkürzte es jedoch.

Als ich am dritten Tag seinen Garten betrat, schickte ich die Hunde zur Begrüßung vor, Stephen kam vom obersten Teil seines Gartens.

In dem Augenblick, als er uns sah, wollte er seine Schritte beschleunigen und dabei stürzte er.

Die Situation erinnerte mich plötzlich an die Krankheit und den Tod meines jungen Ehemannes vor siebzehn Jahren. Ich befürchtete, dass Stephens Krebserkrankung schon wieder weiter fortgeschritten war.

„Lieber Gott, zeige mir den richtigen Weg, wie ich ihm helfen kann und schenke uns hier auf Erden noch ein bisschen gemeinsame Zeit", betete ich.

Die Wiedersehensfreude überwog, auch wenn ich seine körperliche Zurückhaltung spürte. Er klagte über Schmerzen im Rücken, die vermutlich seinen Sturz ausgelöst hatten.

Mit Minze aus dem Garten bereitete er einen duftenden Tee und umgeben von vielen Schwertlilien in verschiedensten Farbschattierungen genossen wir unsere Zweisamkeit. Stephen hatte bereits leere Flaschen vorbereitet und geplant, mir einen besonderen Platz zu zeigen. Natürlich gemeinsam mit unseren vier Hunden.

Die „Expedition“ begann ein Stück oberhalb seines Gartens, wo wir in einen schmalen, fast zugewachsenen Pfad einbogen. Der Weg musste von uns immer wieder freigeschnitten werden. Die Hunde sausten voran, als erste natürlich Migie, die bereits ahnte, wo das Ziel war. Es ging zu Stephens besonderer Wasserstelle.

Es wurde immer steiler und Stephen machten die Kreuzschmerzen ziemlich zu schaffen. Doch bald war die Überraschung gelungen: zwei Wasserfälle stürzten in die Tiefe, umwachsen von Moosen und Farnen. Ein wunderschöner Platz. Ich füllte die Flaschen mit klarem kaltem Wasser und wir teilten uns die Last beim Zurückgehen.

Gegen Abend bewies sich Stephen als begabter Koch. Es gab Forelle, Gemüse und Kartoffeln. Beim Essen auf seinem weinumrankten Sitzplatz verloren wir beide jegliches Zeitgefühl. Die Gespräche waren uns sehr wichtig, sodass die Mahlzeit Stunden dauerte. Er erzählte mir vom Film „Planet Earth“ von David Attenborough und zeigte mir Teile davon auf seinem kleinen DVD-Player. Welch faszinierende Tiere und Pflanzen. Welch wunderbare Erde!

Zum Großteil, wie ich ja bereits wusste, war Stephen Selbstversorger, er konservierte auch die Früchte und das Gemüse, um gut über die kalte Jahreszeit zu kommen. In der Herbst- und Winterzeit zauberte er aus Esskastanien die verschiedensten Mahlzeiten, bis hin zu Maroni-Burgern, so erzählte er mir.

Stephen machte den Vorschlag, am nächsten Tag gemeinsam im Garten zu arbeiten, was mein Herz sofort höherschlagen ließ. Ich war froh, dass er sich wieder besser fühlte.
Er schnitt das Gras und zeigte mir, wie man Weinstöcke ausgeizt. Seine Achtung vor der Natur ging sogar so weit, dass er mich bat, auf die Wildblumen zu achten, die auf der Rückseite der Rebenreihen wuchsen. In meinem Arbeitseifer hatte ich sie wirklich übersehen. Dann grub ich große Löcher, um die in seinem Glashaus vorgezogenen Zucchini und Kürbisse ins Freie zu setzen. Stephen schaffte Komposterde herbei und ich war sehr glücklich über diese gemeinsame Gartenarbeit. Es tat meiner Freude auch keinen Abbruch, als Stephen feststellte, dass ich die Jungpflanzen von Zucchini und Kürbis verwechselt hatte und ein Teil auszutauschen war.

Bevor er das Feuer unterm Grillrost entzündete, massierte ich ihm liebevoll die angeschwollenen Füße und Beine. Es war eine sehr fröhliche, entspannte Stimmung.
Beim Essen und danach erzählte er von seinem Buch, für das er immer noch keinen Verleger gefunden hatte. Doch meinte er, es bestehe noch Hoffnung, war doch seine Tanz-DVD auch nicht im Handumdrehen produziert worden.

Am Pfingstsonntag war ich schon sehr früh aufgestanden, um in meiner kleinen Küche Scones, ein englisches Teegebäck, herzustellen. Beim Morgenspaziergang pflückte ich einen Strauß wilder, hellblauer Glockenblumen für Stephen und nahm noch Pinienzapfen fürs Feuer mit. Er erwartete mich mit großer Freude und einem lausbübischen Blick. Er schlug vor, einen Tagesausflug in die Berge zu machen, natürlich mit der Hundeschar. Ein Picknick war schnell gepackt, Stephen nahm seltsamerweise seinen DVD-Recorder mit und los gings. Nach etwa einer Stunde Fahrtzeit parkte ich den VW-Bus nahe an einem Felsen und wir überquerten mit den Hunden eine alte Steinbrücke.
Ich warf einen Blick in die Schlucht, wo tief unten türkisblaues Wasser rauschte. Wir ließen die Hunde frei

laufen und kletterten mit ihnen ein Stück die Schlucht hinunter. Stephen zeigte mir den Platz, wo seinerzeit sein Freund Graziano auf der Querflöte Debussy gespielt hatte. Dann setzte er mir die Kopfhörer auf und schaltete den Recorder ein: Wir standen exakt an dem Platz, an dem sein „Klettertanz“ auf den überhängenden Felsen über dem Fluss stattgefunden hatte und gefilmt worden war. Ich kam mir wie verzaubert vor!
Nach dieser Tanzszene führte er mich weiter an die Stelle, wo der Fluss die enge Schlucht verlässt: Der nächste Schauplatz seiner DVD, sein „Tanz im Wasser“ - im strahlenden Sonnenlicht.

Gemeinsam mit den Hunden schlenderten wir zum VW-Bus zurück und fuhren ein kleines Stück die Straße weiter. Dieses Mal meinte Stephen, wäre es sinnvoller, die Hunde im geparkten Auto zu lassen. Wir beide stiegen zu einem etwas höher gelegenen Teil des Flusses hinunter, durchquerten das kalte, klare Wasser und kletterten über große Felsen weiter. Stephen drückte wieder auf die Play-Taste des Recorders. Hier im Film sein geschmeidiges Laufen über die Steine, seine wasserschöpfende Hand, der weite Sprung …

Auf einmal wurde mir klar, welche Faszination das Element Wasser auf ihn ausübte.
Er war einen ziemlich steilen Teil vor mir hinuntergeklettert und ermutigte mich, aus etwa drei Metern Höhe in seine Arme zu springen. Ich zögerte keine Sekunde, voll im Vertrauen, dass er mich sicher auffängt - was er natürlich auch tat. Zusätzlich bemerkte er, dass er früher oft Ballett-Tänzerinnen aufgefangen hatte. Aber ich sei nach vielen Jahren nun die Erste, die in seine Arme gesprungen ist, ergänzte Stephen strahlend. Und fügte an: „diesen Platz habe ich auch jüngeren Menschen gezeigt, doch keiner von ihnen hat das so gut bewältigt wie du.“ Er gratulierte mir und sagte: „Du schaust aus wie ein neugieriges, aufgeregtes Kind.“
Und genauso fühlte ich mich auch. Meine Begeisterung über das Erlebte war unbeschreiblich! Offensichtlich war Stephen beeindruckt von meinem Mut und meiner Kletterfertigkeit und meinte, er habe diese Sicherheit sofort gespürt. „Für unser Alter gar nicht schlecht“, sagte er lächelnd, bevor er mich zärtlich in seine Arme nahm.
In Stephens Nähe empfand ich ein Gefühl von Heimat, von Angekommen sein, ganz egal an welchem Ort wir uns befanden. Ich spürte, dass ich mit ihm überall hingehen werde, auch ans Ende von Welt und Raum.

Es wurde Zeit zum Picknicken und wir fuhren hoch hinauf in die Berge, knapp unterhalb der Baumgrenze. Auf einer blühenden Orchideenwiese genossen wir unser einfaches Mahl mit Blick auf die Kette der Apuanischen Alpen links und den Apennin auf der rechten Seite. Wir fühlten uns immens reich und gesegnet.
Nach dem Essen stoppten wir nach kurzer Fahrt im kleinen Dorf Montefegatesi und erklommen einen Hügel, den etwas Besonderes krönte: eine Büste des Dichters Dante Alighieri. Ganz allein waren wir dort, wir und unsere vier Hunde. Durch das sanfte Abendlicht war der Blick auf die Bergketten fast irreal.
Ich begann zu tanzen und bat Stephen, Musik dazu zu machen: er sang die „Ode an die Freude“ aus Beethovens 9. Symphonie. Als Migie versuchte mit mir mitzutanzen, lachten wir sehr. Es war ein außergewöhnlicher, unvergesslicher und glückseliger Tag für uns beide.

Besonders gern hörten wir Musik beim Autofahren, aber auch zuhause genossen wir sie gemeinsam. In dieser Zeit waren es die „Vier letzten Lieder“ von Richard Strauß, die Stephen faszinierten. Das von Strauß dabei vertonte Hermann Hesse-Zitat: „Und die Seele unbewacht will in freien Flügen schweben, um im Zauberkreis der Nacht tief und tausendfach zu leben“, ging uns sehr zu Herzen. Sein eindeutiger Lieblingskomponist aber war der Engländer Edward Elgar. Stephen brachte mir einige Werke des 1857 geborenen Komponisten näher, und je öfter ich sie hörte, desto mehr lernte ich sie zu verstehen und zu schätzen. Besonders liebte ich das Cellokonzert in e-Moll, die Enigma-Variationen und die beiden Sinfonien in As- und Es-Dur.

Strahlende Liebe und KIBELLO-Jubiläum

Am Tag meiner Abreise kam ein Teil von Stephens Familie aus England auf einen Kurzbesuch, ich freute mich sehr sie kennen zu lernen. Sie wollten Stephen noch einmal sehen und mit ihm Zeit verbringen. Es war sein Bruder Chris mit seiner Frau sowie deren Tochter und Enkelkinder.
Obwohl für Stephen und mich das Abschiednehmen bevorstand, strahlten wir uns an. Erfüllt von tiefer Liebe! Nach vielen innigen Umarmungen gab jeder dem anderen einen Brief in die Hand, der mehr zählte als Gold.

Mein Energiereservoir war gut gefüllt, so konnte ich in Salzburg vieles für KIBELLO aufarbeiten und mit dem

Zusammenstellen des Hundekalenders für 2013 beginnen. Es waren auch jede Menge E-Mails gekommen, die beantwortet werden wollten. Ein Trainingsspaziergang mit den Therapiehunde-Teams stand außerdem an. In meiner Abwesenheit hatten mich die Teams bei den Einsätzen sehr gut vertreten und ich war ihnen dafür unglaublich dankbar.

„Wie du auf das Leben zugehst und keinen Umweg machst, finde ich schön", schrieb mir Siegfried Antonello Schwendtner, ein befreundeter Maler. Auch von Stephens Freund Pete wartete eine E-Mail auf meinem PC. Er, der Stephen ja schon viele Jahre kannte, meinte, dass diese neue Beziehung und unsere gemeinsamen Erlebnisse in der Natur, seine Krankheit mit Sicherheit positiver beeinflussen als die Kunst der Ärzte es vermag. Diese Nachrichten freuten mich sehr.

In Zeiten von Internet und Mobiltelefon den Kontakt ausschließlich auf Briefe zu beschränken, erforderte viel Geduld von mir, noch dazu bei der nicht immer verlässlichen italienischen Post. So dauerte es ganze achtzehn Tage, bis ich diesmal einen Brief von Stephen in Händen hielt. Es gehe ihm gut, er brauche Veränderung und wolle ein bisschen wegfahren. Diese Zeilen gaben mir wieder Aufschwung und ich bereitete mit viel Elan das fünfjährige Jubiläum von KIBELLO vor. Ganz besonders freute ich mich über ein Billett von ihm zu diesem Fest, das an alle Teams von KIBELLO gerichtet war. „Alles Liebe und Gute an jeden Mitarbeiter von KIBELLO. Auch an die Hunde!“, schrieb Stephen. Das Jubiläum war wunderschön, mit vielen mitfeiernden Menschen und einem schwungvollen Gesangsensemble. Für mich aber waren Stephens Glückwünsche, die ich öffentlich vorlas, das Allerschönste. Dazu kam die Vorfreude auf das Wiedersehen mit ihm, denn am nächsten Tag ging es aufs Neue in die Toskana.

Himmlische Gemeinsamkeit in der wunderbaren Natur

Die Umarmung beim Wiedersehen dauerte viele Minuten. Wir spürten, dass das Feuer der Liebe durch die Abwesenheit noch stärker entfacht worden war und genossen diese Augenblicke ganz intensiv. Der unglaubliche Gleichklang unserer Seelen ließ mich spüren, dass Gott in unsere beiden Herzen dieselbe Melodie geschrieben hat - die Melodie von Freude, Dankbarkeit und innerem Frieden.

Obwohl Stephens rechtes Bein geschwollen war, wirkte er sehr fröhlich und vital. Er hatte für uns beide ein köstliches Abendessen vorbereitet und war eigens in die Berge gefahren, um Heidelbeeren dafür zu sammeln. Zuvor aber schickte er mich noch in den oberen Teil des Gartens, um von einem der Zitronenbäume eine reife Frucht zu pflücken. Ich tat es mit Vergnügen.

Und wieder hatte sich mein „crazy dancer" für den nächsten Tag eine Überraschung ausgedacht, diesmal im nördlichen Teil der Berge. Zuerst fuhren wir mit dem Auto und dann bewältigten wir einen steilen Weg zu Fuß in ein breites Bachbett, das fast ausgetrocknet war. Die Steine im Bachbett waren aus schneeweißem Marmor. Es war ein heißer Tag, so kühlten wir uns samt Hunden in einem der großen Tümpel, die mit glasklarem Wasser gefüllt waren, ab. Auf den Riesensteinen im Schatten ließ es sich herrlich picknicken.

Es gesellte sich ein nettes Paar aus der Gegend zu uns; Giuliana und Franco. Sonst war keine Menschenseele an diesem schönen Ort. Ich genoss die Landschaft, die Wärme und vor allem Stephens Nähe. So geborgen und so leicht fühlte ich mich bei ihm. Es kam mir vor, als würden wir uns schon ewig kennen.

Giuliana und Franco zeigten uns noch ein weiteres Stück dieses Bachbettes - mit riesigen Marmorblöcken und kleinen Wasserfällen.
Beim Nachhause fahren lag Greppolungo am Weg und so hatte ich an diesem Abend das Privileg, in meinem kleinen Häuschen für uns zu kochen. Stephen besorgte einen Fisch, ich kochte Gemüse dazu, und wir tafelten königlich - mit Blick auf die untergehende Sonne im Tyrrhenischen Meer. Ich hatte einen guten Weißwein aus Österreich mitgebracht, genannt „Himmelreich", der zu Stephens Lieblingssorte wurde, und unsere Gemeinsamkeit „himmlisch" beeinflusste.

Die Superlative an Naturschauplätzen folgten nach dieser Nacht. Am nächsten Morgen fuhren wir Richtung Osten in die Berge, die Hundeschar und ich waren in voller Erwartung.
Stephen hatte eine Luftmatratze eingepackt und noch beim geparkten Auto aufgeblasen. Wir stiegen mit den Vierbeinern zu einem Fluss hinunter, wo wir ganz allein waren. Ich durfte mich auf die Luftmatratze legen und Stephen schwamm daneben im dunkelgrünen Wasser. Die Felsen in grau und rosa waren durchs Wasser in spezielle Formen geschliffen worden. Ich hatte das Gefühl, in eine

ganz andere Welt einzutauchen. Wir kamen zu einer Engstelle mit kleinem Wasserfall, hier gab Rüde Giacomo, der mitgeschwommen war, auf. Stephen schwamm noch ein kleines Stück mit mir, dann paddelte ich allein weiter. An einer Felsnase musste ich mich gut festhalten und mit der anderen Hand die Luftmatratze jonglieren, um den zweiten Wasserfall zu überwinden. Plötzlich lag vor mir ein kleiner smaragdgrüner See im herrlichsten Sonnenlicht, umgeben von einer niedrigen Höhle. Welch magischer Augenblick! Stephen hatte mich wieder einmal in eine Zauberwelt entführt. Nach dem Auskosten dieses Moments ließ ich mich von der leichten Strömung zurücktragen zu dem Platz, wo Giacomo auf mich wartete. Wie in Trance schwamm ich mit meinem Golden Retriever Rüden zu Stephen und den restlichen Hunden.

Inzwischen hatte mein Lebenskünstler ein Lagerfeuer gemacht, wir grillten Gemüse und Kartoffeln aus seinem Garten und dazu ein kleines Stückchen Fleisch. Zur Krönung genossen wir einen wunderbaren toskanischen Rotwein, den wir direkt aus der Flasche tranken. Beim Blick auf die Felsen und das grüne Wasser sog ich ganz intensiv diese Augenblicke in mich auf. Ich spürte so viel Dankbarkeit wie selten zuvor in meinem 58-jährigen Leben.

Mein Leben für seines geben

Unser Vertrauen und unsere Liebe waren unglaublich gewachsen und wir waren uns bereits sehr nahegekommen. Dieser liebevolle, aber auch respektvolle Umgang miteinander, diese absolute Ehrlichkeit, waren ein Geschenk des Himmels.

Stephen erzählte mir viel aus seinem reichen, vollen, aber oft mühsamen und schweren Leben. Über seine Kindheit und Jugend in Nordengland bei seinen geliebten Eltern und Brüdern. Über die Erlebnisse mit seinen wunderbaren Hunden. Und auch über den Tag der Diagnose und seine Verzweiflung darüber.

Ich hörte so gerne zu, wenn er vom Tanz redete, seinen Engagements an den Opernhäusern und seinen Tourneen in der ganzen weiten Welt. Oder von seiner eigenen Tanzkompanie, die er in Südengland gegründet hatte und mit der er neben Auftritten an verschiedenen Orten auch Kindern und Jugendlichen in Schul-Workshops das Tanzen näherbrachte. Stephen vermittelte ihnen mit großer Freude, dass das Tanzen einen enormen positiven Einfluss auf den Körper und die Seele hat. Das wusste er nur zu gut.

Er erzählte mir auch von seinem blinden Onkel Tom, für dessen 90. Geburtstag er mehrere Tonbandkassetten mit dem Manuskript seines Buches „Three Dogs and a Dancer“ besprochen hatte. Er teilte mir mit, dass er mit Hilfe von Freunden eine zweite DVD plane, mit Film-Material aus seiner Zeit als professioneller Tänzer und er hoffte, dass dafür die Lebenszeit noch ausreichte. Die Ärzte hatten prognostiziert, dass er nur noch bis September leben werde und nun war bereits der Juli angebrochen.

Er erzählte mir außerdem, dass ihm Anfang dieses Jahres ein Engländer namens Clark angeboten hatte, ihn in seiner allerletzten Lebensphase in sein Haus südlich von Pisa aufzunehmen. Es gab mir einen Stich im Herzen und ich betete, Gott möge durch unsere Liebe Stephen viel Kraft zukommen lassen und wenn möglich sein Leben, wenigstens um eine kleine Zeitspanne, verlängern. Und wieder kam der Gedanke: mein Leben für seines zu geben.

Viele von Stephens großem Freundeskreis wussten um seinen Gesundheitszustand und wollten ihn noch einmal besuchen, so auch die junge Tänzerin Karolina aus Belgien. Ganz nahe zu Stephens Haus hatte sie sich gemeinsam mit zwei Freunden eingemietet und ich zog mich am ersten Abend nach Greppolungo zurück, um sie mit Stephen allein zu lassen.

Am Tag darauf waren wir alle gemeinsam zu einem abendlichen Gartenfest eingeladen, ich hatte Schinkenkipferl dafür zubereitet und Stephen eine Schüssel Kartoffelsalat. Es war das Treffen einer Selbsthilfegruppe mit Freunden, die bei Clorinda in Monsagrati zusammengekommen waren. Wir fühlten uns sehr wohl, führten gute Gespräche und genossen den großen italienischen Garten. Ich lernte die junge, sympathische Karolina an diesem Abend intensiver kennen und wir verstanden uns auf Anhieb sehr gut. Bei der Verabschiedung schaute mir Clorinda lange in die Augen und ich las in ihnen die Frage: „Ist dir bewusst, wie schlecht es um Stephen steht?“ Ja, es war mir bewusst, dass sein Leben in Kürze zu Ende sein kann. Aber es lehrte uns beide, ganz intensiv mit allen Sinnen im Augenblick zu leben.

Einmal meinte Stephen, als wir beide in den nächsten Tagen die Zeit im Garten beim Lesen verbrachten, dass er sich mit mir auch ohne Gespräch ungeheuer wohl fühle. Es freute mich, das von ihm, dem „einsamen Wolf“ zu hören. Er hatte mehr als zwanzig Jahre, trotz Freundeskreis, ein Leben allein, ein Leben in großer Freiheit und ohne Kompromisse, geführt: bis wir uns begegnet waren. Für ihn bedeutete unsere Verbindung viel Veränderung und auch Umdenken, was manchmal nicht leicht war.

Zum Abendessen hatten Karolina und ihre beiden Freunde uns in das von ihnen gemietete Haus eingeladen. Wir führten tiefgehende Gespräche und ich spürte, wie schon so oft, eine unglaubliche Übereinstimmung zwischen Stephen und mir. Er war für mich ein wunderbarer, weiser Mensch.

Eng umschlungen verließen wir spätabends die charmante Jugend. Ich hatte plötzlich den intensiven Wunsch in Stephens Garten unterm Sternenhimmel zu schlafen. Er war sofort einverstanden und brachte mir eine Matratze und eine Decke. Meine drei Golden Retriever lagen rund um mich, der Blick in die funkelnden Sterne, der milde Wind, das Schnattern eines Vogels im Eukalyptusbaum und die Gewissheit in Stephens Nähe zu sein, gaben mir ein Gefühl von tiefer Geborgenheit.

Kurz vor Sonnenaufgang wurde ich wach, sah noch ein paar Sterne blinken und eine Fledermaus auf morgendlichem Beutezug knapp über mir tanzen, bevor die Vögel ein Sonderkonzert anstimmten. Die Hunde lagen in meinen Armen und ich fühlte mich unwahrscheinlich glücklich. Ein Dankesbrieflein für den schlafenden Stephen zurücklassend, brach ich in mein eigenes kleines Dorf auf.

Inzwischen waren langjährige Freunde aus Holland angekommen, die ebenfalls in Stephens Nähe ein Haus für ihren Urlaub gemietet hatten. Mitten in den Kastanienwäldern.
Stephen besuchte sie am Abend und nahm mich mit. Elma und Kees hatten zwar einen eigenen Vierbeiner, schienen aber nicht begeistert zu sein über unsere vier mitgebrachten Hunde. Wir nahmen am Gartentisch Platz und Stephen stellte mich sehr liebevoll vor. Er erzählte von unserer spontanen Begegnung im April, doch die beiden schwenkten gleich auf ein anderes Thema um. Für mich wirkte es, als wären sie eifersüchtig, dass wir uns begegnet waren. Als ich beim Nachhause gehen Stephen darauf ansprach, meinte er: „Die sind doch selbst ein Paar, da gibt es doch keinen Grund für Eifersucht.“ Doch ich sollte Recht behalten, vergaß aber diese Episode wieder sehr schnell, denn der Zauber der Natur beglückte mich enorm: Der dunkle Wald war beleuchtet von Tausenden großen Glühwürmchen, wir hielten uns an den Händen und es kam mir vor wie in einem Märchen.

Noch mehr Freunde und zauberhafte Augenblicke

Nun wurde es fast ein bisschen eng mit den vielen Freunden, die Stephen nochmals sehen wollten. Ich lud die jungen Belgier am nächsten Abend nach Greppolungo in mein Haus ein. Karolina hatte ihr Akkordeon mitgebracht und spielte auf der Piazza im Schein der untergehenden Sonne. Neugierig waren die Kinder des Ortes gekommen um zuzuhören. Zwei kleine Mädchen fingen spontan an zu tanzen.

Stephen und ich saßen auf der Steinmauer, die einen Teil der Piazza umgrenzt und die noch ganz warm von der Sonne des Tages war. Wir beide genossen dieses unerwartete Schauspiel ungemein. Das ältere Mädchen, Aurora, hatte ein besonders gutes Rhythmusgefühl und bereits Unterricht in klassischem Ballett. Wir lachten aus vollem Herzen, als die kleinere der beiden die am Rand liegenden Hunde in ihren Tanz integrierte. Immer mehr Dorfbewohner kamen um zuzuschauen und zu applaudieren. Für mich war es, als hätte sich ein kleines Stück Himmel geöffnet, direkt über der Piazza meines Dorfes.

Viele Kerzen erleuchteten mein Häuschen, wo wir anschließend aßen, tranken und diskutierten. Lange nach

Mitternacht verabschiedete ich Stephen und seine Freunde.

Am darauffolgenden Tag lernte ich neue holländische Freunde aus der Tanz-Szene kennen, Sanne und Martin. Gemeinsam fuhren wir zum magischen Fluss, um zu baden. Stephen und ich, wir beiden „Alten“ im Vergleich zur belgischen und holländischen Jugend, kletterten einen fast senkrechten Felsen hinauf und winkten lachend hinunter. Diese gemeinsamen Erlebnisse verbanden uns immer stärker. Es waren aber auch scheinbare Kleinigkeiten, die mich erstaunten: Mit einer blauen Hortensie in seiner Hand tauchte Stephen am nächsten Tag im Garten auf. Woher wusste er, dass dies meine Lieblingsblumen waren?

Stephen war körperlich sehr zurückhaltend geworden: „Um dich zu schützen“, war seine Antwort auf meine diesbezügliche Frage. Es machte mich traurig.
Nach dem belgisch-holländisch-englisch-österreichischen Abendessen in seinem Garten war es gegen Mitternacht etwas kühler geworden. Stephen brachte mir einen seiner Pullover, den ich gerne annahm. Während ich wieder

unterm Sternenzelt schlief, liefen viele Tränen über meine Wangen.

Die „Gipfel-Erlebnisse“ mit Stephen setzten sich fort und der nächste Tag brachte ein sprichwörtliches davon. Er entführte mich hoch hinauf in die Apuanischen Alpen.
Weit unter uns war das Tyrrhenische Meer, wir waren auf drei Seiten von hohen Berggipfeln umgeben, die von der untergehenden Sonne beleuchtet wurden. Stephen meinte schmunzelnd, dass Gott diese einzigartige Stimmung von Licht und Farben eben für uns in diesem Augenblick geschaffen hatte. Und dass er es überaus schätzt, es gemeinsam mit mir erleben zu dürfen.
Ich war wieder einmal überwältigt von so viel Schönheit in der Natur. Außer uns beiden und unseren Hunden waren hier nur Berge, Bäume, Pflanzen und das Meer. Es waren Augenblicke „zum Niederknien“.
Beim Spaziergang in dieser traumhaften Bergwelt erzählte ich Stephen, dass ich mich als Kind und Jugendliche minderwertiger gefühlt hatte als meine Freunde und Freundinnen in der Schule. Sie schienen zu wissen, wie man sich im täglichen Leben durchsetzt und anerkannt wurde. Eines meiner Ziele war damals gewesen „normal“ zu werden, so wie die anderen eben in meinen Augen

waren. Ich fühlte mich manches Mal zur Klassengemeinschaft nicht wirklich zugehörig. Lag es daran, dass ich gläubig erzogen worden war? Oder weil ich am liebsten alleine durch die Natur streifte? Vielleicht auch weil ich gerne musizierte, sang und Bücher las?

Stephen meinte, unser Anderssein birgt viele Schätze und wir sollten dankbar dafür sein. In mir sehe er zwei Seiten, die spirituelle und die praktische, alltagstaugliche. Er selbst halte sich für einen Menschen, bei dem in erster Linie die spirituelle Komponente vorhanden sei.

Beim Zurückfahren lud er mich in ein nettes Restaurant ein, Stephen aß „pesce fritto“ und ich „tortellini della casa“. Er besaß nicht viel Geld, doch bestand er darauf zu bezahlen.

Der Abschied danach war ganz besonders intensiv, trat ich doch am nächsten Tag die Heimreise nach Österreich an, um vieles in Salzburg aufzuarbeiten.

Wie immer machte ich auf Stephens Stirn ein Kreuzzeichen und gab ihm einen Kuss darauf. Ich wusste, ich würde in drei Wochen den ganzen August mit ihm verbringen können und das machte das Trennen etwas leichter.

„Geht hinaus zu zweien …“

Stephen hatte am nächsten Vormittag im Krankenhaus einen Termin bei seiner Onkologin, so war er nicht zu Hause, als ich ihm meine übriggebliebenen Lebensmittel nach Fiano brachte. Ich spürte stark seine Nähe, lächelte, weil die Eingangstüre offenstand, er versperrte sie nie. Stephen hatte ein Urvertrauen.

Der Brief, den er für mich hinterlegt hatte, machte mich traurig. Er erwähnte Symptome im Brustbereich, hoffe aber, dass er im August noch halbwegs gut in Form sei, um mir weitere Wunder in der Natur zu zeigen. Daraufhin setzte ich mich an seinen Gartentisch und schrieb ihm, dass selbst Bruder Tod unsere Verbindung nicht zerstören werde können. Auf der Weiterfahrt ließ ich meinen Tränen freien Lauf, schwamm nochmals im grünen Fluss und konnte mich auch von diesem Platz nur schwer trennen.

Als ich kurz vor Modena stehen blieb, um einen „latte macchiato“ zu trinken, fand ich eine SMS der holländischen Tänzerin Sanne: „Kostbare Nannerl, ich wünsche dir eine sichere Heimreise. Dich zu treffen, hat mich sehr gefreut. Du bist eine besondere Frau mit so viel Licht und Sanftheit. Es ist so gut zu spüren, dass Stephen und du euch so nahe seid. Ich danke dir, dass du so bist, wie du bist. Segenswünsche auf deinem Weg.“

Sehr gerührt schickte ich an Sanne gute und liebe Gedanken zurück.

Wieder angekommen in Salzburg, freute ich mich auf die sonntägliche heilige Messe, dabei berührte mich das Evangelium diesmal besonders. „Geht hinaus zu zweien, nehmt nichts mit, kehrt ein, wo ihr das Gefühl habt, es ist gut. Redet zu den Menschen, heilt Kranke, zeigt ihnen den rechten Weg …“ Lebte nicht der Heilige Franziskus genau diese Botschaft und passte es in manchem nicht auch zu Stephen? Mit seinen Ratschlägen half er immer wieder Menschen, die mit Problemen zu ihm kamen und er kümmerte sich mehr um seine Mitmenschen als um sich selbst. Und auch in der Schlichtheit und Bescheidenheit sah ich Parallelen.
Am Abend legte ich wieder einmal seine Tanz-DVD in den Video-Player und spürte ganz intensiv, dass mir seine Bewegungen, seine Mimik, sein ganzer Körper noch viel vertrauter geworden waren.
Zwischen der vielen Arbeit kamen mir immer wieder Gedanken wie: Gottes Liebe trägt uns, alles liegt in Seinen Händen. Was hat Gott mit uns beiden vor? Schenkt er uns noch ein wenig gute Zeit miteinander? Und ich betete: „Mein Gott: Jesus hat selbst so viel durchlitten, so nehmen

wir Deinen Auftrag an, auch wenn es unheimlich weh tut. Du kennst Stephen und weißt, was für ein besonderer Mensch er ist. Deine Güte und Dein Segen sollen bei ihm sein. Bitte umhülle ihn mit einem Mantel aus Liebe und Vertrauen. Lass mich alles so annehmen, wie es kommt. Bitte, lass Stephen nicht leiden und zeig mir, wie ich ihm helfen kann."

Mein VW-Bus fuhr die Fahrtstrecke von Salzburg nach Italien am letzten Julitag fast wie von selbst, so kam es mir zumindest vor.
Die Freude des Wiedersehens war für uns beide überwältigend, wir lagen uns endlos lange in den Armen. Meinen geliebten Stephen wieder körperlich zu spüren, seine Haut zu riechen und meinen Blick in seinem zu versenken, machte mich überglücklich. Auch Migie schien sich über mich und die vierbeinigen Salzburger Kollegen sehr zu freuen. Ich hatte wiederum das starke Gefühl, „heimgekommen" zu sein. Ein Satz von Bruder David, einem Benediktiner des Europaklosters Gut Aich bei St. Gilgen, fiel mir dabei ein: „Liebe ist das gelebte JA zur Zugehörigkeit." Und diesmal konnte ich den ganzen August in der Toskana bleiben, denn wir hatten bei KIBELLO Sommer-Einsatzpause.

Stephens Freundeskreis bestand unter anderem aus Musikern, Sängern, Schriftstellern und viele davon waren Engländer. Ich lernte einige von ihnen am nächsten Tag bei einem Mittagessen in einem Slow-food-Selbstversorgerbauernhof in den Bergen kennen. Dieser Hof wurde von einem alten Ehepaar bewirtschaftet. Es war ein heißer Tag und wir aßen in der gemütlichen, etwas kühleren Stube. Die Hunde bekamen einen schattigen Platz im Freien. Stephen hatte den Sessel neben sich für mich reserviert, denn ich versorgte unsere Vierbeiner noch mit Wasser. Es war ein vier Stunden dauerndes äußerst gemütliches und gutes Essen: Antipasti, Roastbeef mit Kartoffeln und Rosmarin, Pecorino von den eigenen Schafen, Heidelbeeren mit Ricotta und zum Abschluss Kaffee. Auch Elma und Kees, die ich ja schon kannte, waren dabei und als Stephen einmal kurz zu den Hunden schaute, beugte sich Elma zu mir und sagte in spitzem Ton: „Ich möchte dir nur sagen, dass Stephen nicht mehr lange leben wird und ich mich in seiner letzten Zeit um ihn kümmern werde. Wenn er tot ist, werden wir keine Urlaube mehr in dieser Gegend machen“. Die Aussage von Elma verwunderte mich, ihre Worte taten mir weh. Ich konnte gar nicht antworten, weil Stephen sich wieder zu mir setzte, war aber irritiert. Mein erster Eindruck hatte mich also nicht getäuscht, hier war Eifersucht zu spüren. Die Atmosphäre am Bauernhof behagte mir trotzdem, auch deshalb, weil es viele Tiere gab. Junge und alte Katzen, Hühner und Schafe, aus deren Fell Wolle gesponnen wird. Und das alte Ehepaar kochte und servierte sehr liebevoll. Ich unterhielt mich mit netten englischen Freunden von Stephen und freute mich besonders über den Kontakt zur zehnjährigen Sarah, die von unseren Hunden fast nicht mehr wegzubringen war. Wir nahmen sie daher auch noch im Auto ein Stück mit, damit sie etwas mehr Zeit zum Hundestreicheln hatte.

Sarah kam am nächsten Tag mit ihren Eltern John und Sophie zu uns auf Besuch. Wir machten gemeinsam einen Ausflug in ein einsames Tal, wo sich ein kleiner Fluss durch schattige Wälder schlängelt. Es gab sogar Stellen zum Untertauchen und das tat bei der großen Hitze sehr wohl. Beim Zurückgehen rutschte Stephen aus, stürzte nach rückwärts und schlug mit dem Kopf auf einem Felsen auf. Er war kurz ohne Bewusstsein. Ich tastete ihn vorsichtig ab, schaute, ob er irgendwo blutete und schob Handtücher unter seinen Kopf. Sein Herz klopfte ganz heftig, aber er hatte großes Glück gehabt. Vielleicht hatte

ihm auch sein durchtrainierter Körper geholfen. Zuhause legte er sich gleich ins Bett und beruhigte uns, dass es ihm gut gehe. Er brauchte nur Ruhe und Distanz, er wollte allein sein. Ich fuhr mit den Hunden in mein Dorf, war aber in Sorge, dass er sich doch vielleicht eine Gehirnerschütterung zugezogen haben könnte.
Doch außer einer Beule am Kopf hatte der Sturz nichts hinterlassen, erfuhr ich am nächsten Tag. Solange er selbst alles machen konnte, sollte ich ihn nicht unterstützen, bat er mich. Das verstand ich sehr gut, hatte ich diesen Wunsch nach Autonomie auch im letzten Lebensabschnitt meines Mannes erkennen und akzeptieren gelernt.
Nun begann Stephen immer öfter, mir Passagen aus seinem Manuskript „Three Dogs and a Dancer" vorzulesen. Ich fand seinen Schreibstil gut und den Inhalt höchst interessant. Dadurch lernte ich auch den jungen Stephen und sein spannendes Leben kennen.

Bei einem der Abendspaziergänge klagte Stephen über Schmerzen beim Atmen und wir mussten immer wieder stehen bleiben. Er erzählte mir von einem Traum, in dem er schwer nach Luft gerungen hatte. Als er aufwachte, merkte er, dass er gut atmen konnte und war erleichtert. Waren es Ängste, die ihm zu schaffen machten? Er war

schlecht gelaunt und brachte zum Ausdruck, dass er sich selbst nicht verstehe. Seine Krankheit mit Metastasen in Lunge und Leber nahm in phasenweise voll in Besitz und da wollte er allein sein.
In der Meinung, ihn zu entlasten, hatte ich die Pflanzen im Garten gegossen, während er schlief. Das machte ihn wütend und er meinte, ich solle nichts ungefragt für ihn tun und mich nicht so viel um ihn sorgen. Ich versuchte ihn zu verstehen und entschuldigte mich. Und wieder war es die Zeit der Krankheit meines Mannes im Jahr 1995, die mich gelehrt hatte, trotzdem in meiner Mitte zu bleiben. Stephen hatte so viele Jahre allein gelebt, dieser Wunsch nach absoluter Freiheit kam immer wieder einmal durch. Ich beschloss, mehr in Greppolungo zu bleiben und Pausen bei den Besuchen einzulegen.

In die kleine Kirche in meinem Gebirgsdorf, wo mein Hund Stella mich immer zum Gottesdienst begleitet und sehr willkommen bei allen ist, hatte sich eine junge Schwalbe verirrt. Erst nach einiger Zeit fand sie den Weg durch die niedere Eingangstüre in die Freiheit.
Ich betete während der heiligen Messe, Gott möge mir das Gespür geben, mit Nähe und Distanz bei Stephen gut

umzugehen. Mir den richtigen Weg zu zeigen. Ihn frei fliegen zu lassen wie diese Schwalbe eben.
Sehr früh am Morgen des nächsten Tages fuhr ich mit den Hunden zum Schwimmen ans Meer - ich versuchte etwas zu unternehmen, was mir und den Hunden besonders wohltat.

Als ich am Tag darauf zu Stephen kam, freute er sich und sagte, dass die Pause ihm und unserer Beziehung gutgetan habe. Er erzählte mir, dass er nun auch im Freien geschlafen hatte. Wir gingen besonders achtsam und vorsichtig miteinander um. Ich hatte mir vorgenommen, am Abend wieder nach Greppolungo zu fahren, aber Stephen bat mich, die Nacht bei ihm zu verbringen. Dasein, verstehen lernen, auch manches auszuhalten und trotzdem mich aufgehoben zu fühlen - das erbat ich von Gott. Es war immer wieder ein geduldiges Ausloten und Ausprobieren.
Stephen erzählte mir von seiner Begegnung und Freundschaft mit der Kelly-Family, einer weltbekannten Musikgruppe, die sich aus den Mitgliedern der Großfamilie Kelly zusammensetzte. Sie hatten ihn über längere Zeit als ihren Tanzlehrer für Ihre Bühnenshows engagiert. Er schilderte mir den Charakter der einzelnen

Familienmitglieder und wie sie ihm bei der Entstehung seiner Tanz-DVD geholfen hatten. Ich musste an meine Nichte denken, die ein großer Fan der Kelly-Family gewesen war. Stephen hatte in seinem Leben oft ganz besondere Menschen auf ganz spezielle Weise kennengelernt. So auch Dan Kelly mit seinen Kindern Jimmy, Kathy, Barby, Patricia, Johnny, Joey, Paddy, Mite und Angelo.

In unsere Beziehung waren wieder Friede und Harmonie eingekehrt. Stephen sagte mir, dass er mein Lachen sehr mag, weil es aus meinem Inneren kommt. Wir arbeiteten oft gemeinsam im Garten oder er besuchte mich mit Migie in meinem Dorf. Er hatte begonnen Schmerztabletten zu nehmen, die Krankheit schritt voran.

Ich erzählte ihm, dass ich meine Gebetsgebärde in einen Tanz verwandelt hatte. Damit kann ich mich noch mehr für das Göttliche öffnen, durch die Tanzbewegungen wird für mich die Verbindung zu Gott verstärkt. Er fand dies beachtlich und ich solle doch dranbleiben, es fortsetzen und mit meiner Meditationsleiterin in Salzburg besprechen.

Zum Sommerfest in Greppolungo wollte er nicht bleiben, trotzdem genoss ich diesen Abend. Es war ein Feiern von fast allen die im Dorf lebten, Alt und Jung. Die Kinder tanzten in einer Schlange um mich herum und sangen dazu. Ich wirbelte mit ihnen über die Piazza und genoss die Fröhlichkeit mit allen. Dass Stephen nicht hatte teilnehmen wollen, verstand ich, er suchte Ruhe und Stille in seiner damaligen Verfassung.

„Fürchte dich nicht!“

Im kleinen Ort Sillico in den Bergen, wo John und Sophie ein Haus besaßen, wurde ein mittelalterliches Fest gefeiert. Der ganze Ort war auf den Beinen und zum Mittelalter passend, in edle Gewänder geschlüpft. Selbst die Rezepte für die Speisen waren einige Jahrhunderte alt. Am Dorfplatz erklang mittelalterliche Musik und Jugendliche hatten entsprechende Tänze dazu einstudiert. Überall Fackeln und Kerzen als Beleuchtung. Stephen und ich fuhren eine gute Stunde zu diesem Dorffest, zu dem viele Menschen gekommen waren. Wir und die Hunde wurden sehr freundlich von John, Sophie und ihrer tierliebenden Tochter Sarah empfangen. Stephen hatte mit ihnen vereinbart, dass wir in ihrem Haus übernachten

dürfen. Wir ließen uns ein bisschen durch den Ort und die Menschenmenge treiben, doch der Wirbel war vor allem für Stephen zu viel. Dies schürte seinen Zynismus und er flüchtete. Ich sah mir noch die Tänze an und kehrte ebenfalls ins Haus zurück, wo Stephen schon wartete.
Er war in keiner guten seelischen Verfassung und ich schlug vor, zu ihm nach Hause zu fahren. Es war zwar schon Mitternacht, aber ich hatte keinen Alkohol getrunken und fühlte mich noch frisch genug, um das Auto zu lenken.
Zuhause angekommen, ging es Stephen wieder gut, er kochte für uns ein nächtliches Mahl, das wir mit viel Appetit in angenehmer Stimmung genossen. Es erinnerte mich an Studentenzeiten, wo auch manchmal in der Nacht gekocht und gegessen worden war. Wir plauderten, fühlten uns keineswegs müde und stellten im Lauf des Gespräches fest, dass es ganz wichtig wäre, in möglichst vielen Menschen das Bewusstsein zu schüren, dass wir alle eine einzige große Menschheitsfamilie sind. Wäre das nicht eine wichtige Chance für die Zukunft dieser Erde? Dann aber fielen wir schlaftrunken ins Bett.
Am Morgen frühstückten wir auf dem kleinen weinumrankten Platz vor der Küche und setzten unser Gespräch über die Menschheitsfamilie fort.

Stephens Zeitgefühl war anders als bei Menschen mit vollen Terminkalendern. Er hatte mit Absicht keine Uhr, sondern verließ sich auf sein inneres Gefühl. Dadurch kannte er weder Stress noch Hektik. In meiner kurzen Lebenszeit mit ihm konnte ich mich gut darauf einlassen, wenngleich ich in Salzburg oft Wochen mit vielen Terminen hatte. Es war wohltuend, fast zeitlos, so zu leben. Aber manchmal erforderte es viel Geduld von mir. Ich bekam jedoch immer mehr Übung darin.

Eine neuerliche Kontrolle auf der onkologischen Station, wohin ich Stephen begleitete, ergab, dass die Metastasen seit dem Frühjahr nicht gewachsen waren und das machte uns beide sehr glücklich. Es gab ihm vor allem psychisch einen enormen Auftrieb.

Doch die große Hitze in diesen Augusttagen verursachte bei ihm oft Müdigkeit, auch untertags. Ebenso während einer Einladung bei italienischen Nachbarn, wo er sich nach dem köstlichen Essen auf die Couch legte und einschlief. Jeder wusste von seiner Krankheit und jeder akzeptierte natürlich seine Müdigkeit.

Während Stephen schlief, lud ich die Hunde samt Migie in mein Auto und fuhr ins einsame Tal zum schönen Fluss. Danach kam ich relativ zufällig in den kleinen Ort Celle di

Puccini, wo der Ururgroßvater des Komponisten Giacomo Puccini ein Haus gehabt hatte und sein Urenkel Giacomo oft auf Besuch war. Das kleine Museum wurde extra für mich aufgesperrt, Musik aus „La Bohème “erklang ganz plötzlich und ich bekam eine Privatführung. Im Jahr 1924 hatte sich Giacomo Puccini zum allerletzten Mal in diesem Haus aufgehalten. Der Museumsbesuch war sehr inspirierend für mich.

Als ich zu Stephen zurückkam, fand ich ihn frisch und munter vor. Lange schon hatte ich mir gewünscht, dass wir uns seine Tanz-DVD einmal gemeinsam in Ruhe anschauen; bisher hatte ich sie immer ohne Stephen angesehen. Nun war ein guter Zeitpunkt dafür. Immer wieder liefen mir beim Zuschauen die Tränen herunter. Neben mir der kranke Stephen, auf dem DVD-Recorder der vitale, energiegeladene und doch so hingebungsvolle Tänzer.

Es wurde wieder eine Nacht unterm Sternenzelt, allerdings mit ungewöhnlichem Besuch. Ein Stachelschwein kam bis auf etwa einen Meter zu uns, schnüffelte einige Zeit und entfernte sich wieder. Ich war fasziniert, dass es diese Tiere hier noch freilebend gibt. Die Hunde hatten sich vorbildlich verhalten und waren auf meinen Befehl hin brav liegengeblieben, während ich aus dem Staunen kaum herauskam.

Stephen hatte mir ja schon vor längerer Zeit von seinem Bekannten Clark erzählt, bei dem er seine letzten Lebenstage verbringen sollte. Er wollte mich mit ihm bekanntmachen und so traten wir die Reise bei vierzig Grad Hitze an.

Die Landschaft veränderte sich, je weiter wir in den Süden kamen. Riesige abgeerntete Felder auf großen Hügeln, viele Zypressen, und Berge nur in weiter Entfernung. Ich lernte Clark, einen pensionierten Psychotherapeuten aus England, kennen, sowie sein geschmackvolles Haus mitten im Wald. Ich machte mir Gedanken, ob dieser relativ einsame Ort, weit weg vom nächsten Krankenhaus, der ideale Platz für einen schwerkranken Menschen sein würde. Ich sprach aber meine Bedenken nicht laut aus.

Als ich nach einigen Tagen wieder nach Greppolungo zurückfuhr, zündete ich in der Abtei Badia in Camaiore eine Kerze für Stephen an und betete lange vor der Pietà. Hier fand ich Frieden und Zuversicht und fühlte mich in Gott geborgen.

Für Stephen und mich war eine kleine „Pause“ gut, und meine Hundeschar genoss die ungeteilte Zuwendung.

In der Zwischenzeit hatte Stephen Post von Karolina aus Belgien und auch von Elma aus Holland erhalten. Er gab mir beide Briefe zu lesen. Das zeigte mir, wieviel Vertrauen uns inzwischen verband. Wie zerbrechlich eine Liebe ohne Vertrauen ist, war mir immer bewusst, so wollte ich unser Vertrauen gut behüten.

Trotzdem die Metastasen seit dem Frühjahr nicht gewachsen waren, lautete die Prognose der Ärzte eindeutig: dass für Stephen die Zeit der Lebenserwartung sehr kurz sein werde - das machte unsere Liebe zu einem besonders kostbaren Schatz. Wir beide lebten den gegenwärtigen Augenblick in einer nie zuvor erfahrenen Intensität. Und wir schafften es, das Glück in seiner Endlichkeit auszukosten. Dazu gehörten viele gemeinsame Tränen und auch viele himmlische Augenblicke.

Stephen war ein Suchender und manchmal Zweifelnder - wie viele von uns - doch er spürte meine starke Liebe zu Gott, die ihn faszinierte. Seine Beziehung zu Gott verstärkte sich in den Wochen und Monaten unserer Verbindung. Mich selbst trug das Aufgehoben sein in Gott durch manch schwere Tage. Auch die Freundschaft mit Franziskanerpater Alexander half mir. Sein Brief mit den Worten „Fürchte Dich nicht“ gab mir viel Kraft.

Die Pilgerfahrt nach Assisi, Ende August, zu der ich mich vor dem Kennenlernen von Stephen angemeldet hatte, verkürzte ich auf einen Tag. Ich fuhr sehr früh in Greppolungo los, ließ meine drei Hunde bei meiner Nachbarin Maria, die sich sofort bereit erklärt hatte, sie zu betreuen. Nach etwa drei Stunden Fahrt traf ich mit der Salzburger Pilgergruppe und Pater Alexander zusammen. Es war ein schönes Wiedersehen.

Ich erlebte einen sehr intensiven Tag mit einer heiligen Messe im Kloster von San Francesco und mit viel Tränen vor dem Kreuz von San Damiano in der Basilika Santa Chiara. Wir beteten das Abendlob auf der Rocca bei Sonnenuntergang. Uns an den Händen haltend sangen wir das „Vater unser". Dabei fühlte ich viel inneren Frieden und Dankbarkeit.

Wenn auch die lange Rückfahrt in der Dunkelheit aufgrund meines schlechten Sehvermögens sehr anstrengend war, hat mich dieser Pilgertag stark gemacht und sich tief in mein Herz eingeprägt.

Das Fest des Heiligen Franziskus hat hohen Stellenwert

Immer wieder übten wir Abschiede ein, so auch am letzten Augusttag. Am nächsten Morgen musste ich nach Salzburg zurückfahren. Es war wichtig für meinen Verein, wieder bei den Einsätzen im Kinderspital mitzuarbeiten.

Stephen bereitete mit viel Liebe und trotz seiner Schwäche ein Abschiedsessen vor und hatte außerdem getrocknete Äpfel für Früchtetee, selbstgemachte Paradeissauce und frische Trauben aus dem Garten für mich zum Mitnehmen zurechtgemacht. Er kochte ein wunderbares Risotto mit Pilzen und hatte einen guten Weißwein eingekühlt, dabei war seine Autobatterie total leer geworden.

In der Früh bat er mich, ihm eine Cortison-Spritze in den Oberschenkel zu geben, was ich selbstverständlich machte, so wie ich es bei meinem Mann Harald oftmals getan hatte.

Beim Verabschieden hob mich Stephen so liebevoll zweimal vom Boden hoch in die Luft, er wollte vermutlich damit auch auf seine noch vorhandene Kraft hinweisen. Ich machte ihm wie immer ein Kreuzzeichen auf seine Stirne. Wir schauten uns ganz tief in die Augen und versuchten, keine Traurigkeit aufkommen zu lassen. Sehr lange winkte er mir noch nach.

In Salzburg bemühte ich mich konzentriert zu arbeiten und möglichst wenig an meinen „crazy dancer“ zu denken. Karolina war mit einer Freundin bei Stephen und über ihr I-Phone schickte er mir eine E-Mail. Es gehe ihm soweit gut und er möchte gerne mit mir im Oktober nach Korsika fahren. Unglaublich, wo nahm er zwischendurch immer wieder diese Energie her?
Ich begann ein besonderes Buch für Stephen zu gestalten, um es ihm zum Geburtstag im Oktober zu schenken. Es sollte aus guten Gedanken mit passenden Fotos und besonderen Gedichten bestehen. Und ich konnte bei dieser Arbeit und beim Schreiben meine Gedanken sehr intensiv auf meine ganz große Liebe fokussieren. Dann fand ich einen Brief im Postkasten, dass Stephen plane nach Salzburg zu kommen, vermutlich zusammen mit Pete, auch, um an unserer Franziskusfeier mit Kindern und Hunden teilzunehmen. Danach wolle er mit mir in die Toskana zurückfahren. Und dann auf nach Korsika …
„Lieber Gott, ich lasse alles auf mich zukommen und lege es in Deine Hände“, war meine innere Antwort dazu.

Ein paar Tage später meldete sich Pete telefonisch, um mir zu sagen, dass es Stephen sehr schlecht gehe und sie fürchten, dass seine letzte Zeit angebrochen sei. Er sei zu

Clark transportiert worden. Mein Herz überschlug sich fast und ich bat Gott, uns die Möglichkeit zu geben, uns noch einmal zu sehen.

Pete hatte versprochen, mich am laufenden zu halten, doch er meldete sich zwei Tage lang nicht. Ich brachte das selbst fabrizierte Buch zur Post, in der Hoffnung, es könnte Stephen Kraft geben. Am liebsten wäre ich sofort zu Stephen gefahren, aber die Situation war sehr unklar. Außerdem hatte ich in der Franziskaner-Kirche am 4. Oktober die traditionelle Franziskusfeier mit vielen Kindern und den KIBELLO-Therapiehunden organisiert, und ich wusste, dass es sehr wichtig war, selbst dabei zu sein.

Pete hatte mir geschrieben, dass sich Stephen unheimlich freue, wenn ich komme, aber er nicht wolle, dass ich die Franziskusfeier versäume. Doch etwas in mir entschied ganz klar, dass ich zu Stephen fahren musste. Am Weg zur Autobahn blieb ich nochmals kurz stehen, um zu telefonieren. Da kam ein Anruf herein und als ich mit meinem Gespräch fertig war, hörte ich auf der Mailbox Stephens Stimme. Er hätte eine ganz große Bitte: ich sollte nicht vor der Franziskusfeier zu ihm zu kommen, denn er weiß, wieviel sie mir bedeutet. Seine Stimme war klar und deutlich - wie im August.

Kurz darauf meldete sich Gianluca, ein italienischer Freund von Stephen bei mir und sagte, dass Stephen im Krankenhaus sei und ein paar Tage dortbleiben werde. Seine Hündin Migie sei bei Gianlucas Familie. Ich bemühte mich, ruhig zu bleiben und bat Gott um Segen und Schutz für Stephen. Zwei Tage später hörte ich, dass er vom Krankenhaus ins stationäre Hospiz überstellt worden war.

In der Franziskanerkirche war am Abend des 3. Oktober die Messfeier für den Heiligen Franziskus: sein Übergang von dieser Welt in die Ewigkeit. Pater Alexander segnete alle Gottesdienstbesucher mit einer Reliquie des Heiligen. Als er mir die Hand auflegte, sagte er: „der Herr segne Dich und Stephen". Das berührte mich innerlich ganz enorm und Tränen flossen über mein Gesicht.
Unsere KIBELLO-Franziskusfeier mit den Kindern und Hunden am darauffolgenden Tag war wieder wunderschön und ich feierte in der Gewissheit, gleich danach in die Toskana zu Stephen aufzubrechen.

„You are my angel“

Gianluca zeigte mir den Weg zum Hospiz in Lucca, wo Stephen ein Krankenzimmer bekommen hatte. Die Freude unseres Wiedersehens war unbeschreiblich intensiv, es war Glück in seiner reinsten Form. Mein selbstgemachtes Buch lag auf Stephens Nachttisch und er sagte mir, wieviel Freude es ihm gemacht hat und immer wieder macht. Im Speisesaal aßen wir gemeinsam das Abendessen. Davor sprach jeder laut sein persönliches Tischgebet. Stephen dankte dabei Gott, dass er nun mit mir zusammen essen darf. Es war so viel Vollkommenheit und Ruhe zwischen uns.

So fest, wie zu dieser Zeit, hatte er mich noch nie an sich gedrückt und ich war erfüllt und glücklich. Immer wieder legte er die Arme um mich, meine Hände wollte er nicht mehr loslassen und auch ich nicht die seinen. Mein Herz war voll Freude, trotzdem meine Augen voll Tränen waren. Stephens Augen hingegen waren so klar, weich und sanft. Und zartblau, wie manchmal der Himmel am Morgen!

Der Weg von Greppolungo zum Hospiz war etwas kürzer als jener nach Fiano. Ich entdeckte sogar eine Abkürzung, die kaum befahren war und auf der ich die Stadt Lucca vermeiden konnte. Auf dieser neuen Strecke legte ich am nächsten Tag eine Pause ein, um mit den Hunden einen Spaziergang zu machen. Da klingelte mein Mobiltelefon. Stephen war am Apparat und erzählte mir, dass an diesem Nachmittag ein Herbstfest im Garten des Hospizes stattfinden wird und bereits eine Bühne dafür aufgebaut worden war. Und er würde tanzen. Rasch ging ich mit meinen Hunden zum Auto zurück und kurz darauf trafen wir im Hospiz ein.

Über Lautsprecher auf der Bühne wurden alte Schlager gespielt und ich hörte das Lied „you are my angel“, gerade als wir uns in die Arme fielen.

Um etwa 16:30 Uhr begann Stephen mit seinem Tanz. Noch nie hatte ich ihn „live“ tanzen gesehen. Am Abend zuvor hatte ich ihm die CD Enigma-Variationen von Edward Elgar geliehen und er hatte „Nimrod“ davon ausgesucht für seinen Tanz. Ich kannte das Stück bereits gut, denn es hatte mich am Tag davor auf der langen Fahrt begleitet und ich war davon sehr angetan. Als Stephen die Bühne betrat, klatschten die Zuschauer voll Freude, viele kannten ihn. Er hatte oft in ihrer Stadt auf der Straße getanzt. Der Moderator stellte Stephen vor, danach nahm er selbst das Mikrofon in die Hand und erklärte dem Publikum in italienischer Sprache, dass er nun als „Insasse“ des Hospizes seine Gefühle durch und mit seinem Körper ausdrücken wolle. Mit einer Injektionskanüle im Arm und einem sehr entschlossenen Ausdruck in Gesicht und Körper begann er im Stehen zu tanzen, weil er durch den Lymphstau bereits Probleme mit den Beinen hatte. Sein Oberkörper, seine Arme und Hände und sein Kopf bewegten sich in wunderbarer Harmonie zur Musik. Als er aber etwas in die Knie ging, um Schwung mit dem Oberkörper zu holen, stürzte er nach hinten und lag hilflos auf der Bühne. Sofort schickte ich meine Hündin Stella zu Stephen, damit er sich an ihr festhalten und wieder aufrichten konnte. Menschliche Hilfe wäre ihm in dieser Situation sehr unangenehm gewesen. Er bat den Veranstaltungsleiter um eine kurze Pause und setzte den Tanz eine halbe Stunde später, auf einem Sessel sitzend, fort. Selbst in dieser Position waren seine Bewegungen fließend und kraftvoll, der Ausdruck im Gesicht hatte etwas extrem Glückliches. Starke Körperspannung wechselte sich mit fließenden Bewegungen ab. Seine Augen schienen zu leuchten, oft nach oben, Richtung Himmel. Er übertrug in meine Seele Demut und Dankbarkeit im Wandel - eine Hommage an unseren Schöpfer. Seine Innigkeit und Ehrfurcht vor Gott drückte Stephen trotz seines kranken Zustandes sehr deutlich aus.

Ich tat in diesen Minuten vieles zur gleichen Zeit: Intensiv schauen und lauschen, weinen und fotografieren. Als sein Tanz zu Ende war, hatten die meisten Zuschauer beim Applaudieren Tränen in den Augen. Es war eine von Stephens großen Gaben, Menschen innerlich zu berühren.

Ich ging mit den Hunden zum Bühnenaufgang. Er kam mir entgegen, wir umarmten uns überglücklich und blieben lange schweigend stehen. Meine Tränen drückten Glückseligkeit aus.

„Complimenti“ riefen Besucher, Ärzte, Pflegepersonal und Clown Doctors begeistert. Stephen freute sich unglaublich über die Reaktionen. Für mich war es ebenso unbeschreiblich schön: eine Gnade, etwas Göttliches.

Der Clown Doctor namens Scossa schrieb einen Brief an alle Kollegen und Kolleginnen, wie sehr ihn dieser Tanz aufgewühlt und ergriffen hatte und wie unglaublich schön er es empfunden hatte, dass der weiße Golden Retriever dem Tänzer nach dem Sturz zu Hilfe gekommen war. Scossa gab mir den Brief Monate später zu lesen.

Beim anschließenden Buffet wurde Stephen immer wieder angesprochen und es war wunderschön, ihn so glücklich zu sehen.

Den Hund ins Hospiz geschmuggelt

Am selben Abend gab es in der Stadt Lucca eine moderne Tanzperformance in einer ehemaligen Kirche, und Stephen hatte genug Energie, mit mir dorthin zu fahren. Wir besuchten zusammen mit Freunden diese Veranstaltung. Stephen hatte Schmerzmittel genommen und war sehr fröhlich. In der Kirche legte er sein geschwollenes Bein auf meinen Schoß. Gegen Mitternacht brachte ich meinen Lebenskünstler zurück ins Hospiz. Von diesem Abend an lebte Migie mit mir und meinem Rudel. Beim Abschied meinte Stephen, er würde seinen Hund so gerne ins Hospiz hineinschmuggeln. Diesen Wunsch setzten wir am nächsten Tag in die Tat um. Stephens Zimmer war ebenerdig und hatte ein Fenster, das sich zu einem Rosengarten öffnete. Hierhin ging ich mit Migie und als ich sah, dass Stephen wach wurde, machte ich mich bemerkbar. Ich hob die Mischlingshündin aufs Fensterbrett und Stephen nahm sie liebevoll in Empfang. Ich legte ein mitgebrachtes Leintuch auf Stephens Bett und schon kuschelten beide ganz glücklich miteinander. Dann schlug Stephen vor, in eine Bar auf einen Kaffee oder ein Glas Wein zu gehen. Zuerst hob er Migie durchs Fenster ins Freie, dann sprang er selbst hinaus und diese Situation erinnerte mich an frühere Zeiten im

Studentenheim, wo ich auch so manches heimlich getan hatte. Ich fragte ihn noch, ob wir uns abmelden müssten, er meinte, es sei nicht notwendig, wir würden ja nicht lange ausbleiben.
Noch bevor wir im nächsten Ort in der Bar etwas bestellt hatten, kam eine SMS von Mike, einem sehr guten Freund von Stephen aus Kanada, der mich fragte, wo wir seien. Er hatte das Zimmer im Hospiz leer vorgefunden. Durch seine Nachfrage war das Personal aufmerksam geworden, dass dieser Patient verschwunden war. Wir fuhren sofort zurück und bekamen von der diensthabenden Krankenschwester eine kräftige Standpauke.
Kurz darauf gab es eine weitere Aufregung. Gianluca war von Stephen gebeten worden, etwas vom Morphium, das ihm sein Hausarzt verschrieben hatte, aus seinem Haus zu holen und rasch zu bringen. Diese Dosis war geringer, als die 30 mg, die es im Hospiz gab und Stephen wollte ausprobieren, ob die geringere Dosis für die momentane Situation ausreichend wäre.
Gianluca schaltete die Krankenschwester ein, die wild und undiplomatisch auf den verzweifelten Stephen einredete. Er war verzagt und traurig, beide fühlten wir uns müde, sodass wir das Abendessen im Speisesaal fast nicht anrührten. Ich brachte ein paar liebevolle und

aufmunternde Zeilen zu Papier und drückte sie ihm in die Hand, ich wollte einfach etwas Gutes für ihn tun. Unter anderem schrieb ich: „Diese unnötigen Aufregungen heute waren nur durch Missverständnisse entstanden. Ich verstehe sehr gut, dass es dir wehgetan hat, so unachtsam behandelt zu werden. Doch vergiss nicht, wie reich uns Gott mit seiner Liebe macht und welchen Stellenwert unsere tiefe, wunderbare Beziehung für uns hat.“

Am nächsten Tag fand ich ihn viel besser aufgelegt. Er zog mich ganz fest an sich und sagte, wie sehr er sich über meine liebevolle Aufmunterung gefreut hatte und, dass er den Geruch meiner Haut so sehr mag.

Als ich am Gang des Hospizes Stephens Psychologin traf, fragte ich sie, ob Migie ganz offiziell zu Stephen ins Zimmer dürfe und sie erlaubte es. Dieses Privileg freute uns beide sehr.

Ein Gespräch mit dem Hospizarzt war für Stephen sehr positiv abgelaufen, auch die Prognose fiel deutlich besser aus.

In meinem Inneren spürte ich, dass sich etwas zum Guten gewendet hatte. Stephen begleitete mich zum Auto, verabschiedete sich von jedem einzelnen der vier Hunde und sagte zu mir: „Ich danke dir von Herzen für Deine Liebe!“

Stephens letzter Geburtstag

Stephens Geburtstag nahte. Meine Nachbarin Maria, die einen MAC mit Xpress-Programm und Photoshop hat, fragte ich, ob sie mit mir in den kommenden fünf Tagen ein Fotobuch für Stephen kreieren würde. Ich hatte beim Tanz auf der Bühne des Hospizes einiges fotografiert und sofort fiel mir ein passender Buchtitel ein: „Tanz - dem Leben gewidmet“. Denn immer wieder hörte ich in Gesprächen mit Stephen und seinen Freunden von Sterben und Tod. Ich wollte zeigen, wie lebendig Stephen in diesem Oktober war und ihn dies auch spüren lassen. Das Zusammenstellen der Tanz-Fotos nahm viel Zeit in Anspruch und dann musste das Buch ja auch noch gedruckt werden.

Wir sprachen über seinen 62. Geburtstag, den er im Kreis lieber Freunde im Haus von Mike feiern wollte. Fast alle, die wir einluden, kamen. Ich organisierte ein italienisches Buffet von meiner dörflichen Osteria, andere brachten Getränke mit.

Stephen bat alle, keine Geschenke für ihn zu bringen. Aber ich spürte, dass er sich trotzdem über das Fotobuch freuen würde.

Sein Geburtstag war an einem Sonntag. Gleich in der Früh belud ich das Auto mit allen Köstlichkeiten und fuhr mit den Hunden nach Fiano. In der Küche von Mikes Haus war genug Platz und eine italienische Nachbarin half mir beim Anrichten und Aufdecken. Stephen wurde von den holländischen Freunden Elma und Kees im Hospiz abgeholt und war bester Laune. Er heizte den offenen Kamin im Wohnzimmer ein und der Reihe nach trafen die Gäste ein.

Nachdem das Feuer brannte, war ich kurz allein mit ihm im Raum. Ich gab Stella das eingepackte Buch ins Maul und bat sie, es Stephen zu bringen. Als er das Geschenk ausgepackt und angeschaut hatte, weinte er ganz intensiv vor Freude und sagte, dass er noch nie in seinem Leben ein so kostbares Geschenk erhalten hatte. Mein Gott, wie schön dieser Moment auch für mich war! Kurz davor hatte er mir ein Kuvert überreicht, das ich erst am Abend öffnen sollte.

Wir waren insgesamt sechzehn Personen, die diesen denkwürdigen Geburtstag mit Stephen feierten. Er bedankte sich bei allen sehr liebevoll fürs Kommen, legte immer wieder seinen Arm um mich und meinte, dass jeder dieses besondere Buch anschauen müsse. Er blies vergnügt die Kerze seiner Geburtstagstorte aus, lachte und scherzte. Es waren unvergessliche Stunden für uns alle. Gegen Abend überkam ihn die Müdigkeit, er legte sich aufs Sofa im Wohnzimmer und genoss es sichtlich, dabei von lieben Freunden umgeben zu sein.

Unendlich viel Liebe und Tränen

Als Stephen wieder im Hospiz und ich in meinem Dorf war, öffnete ich das Kuvert. Die Zeilen waren, wie sein allererster Brief, mit einem Foto kombiniert, das ihn diesmal vor einer Berg- und Meereskulisse in Sizilien zeigte, zufrieden und entspannt lächelnd. Er meinte unter anderem, dass ich auf meinem Lebensweg bereits weit vor ihm läge, dass ich ihn führe, ihm vieles lerne - in einer Art und Weise, die seine Augen, sein Gehirn, sein Herz, seinen Körper, seine Seele und seinen Geist öffnen: für etwas ganz Wundersames, das er nicht mit Worten benennen konnte. Seine Zeilen erstaunten mich, denn mein Führen und Lehren war mir nicht bewusst gewesen.

Migie hatte ein Gewächs am Auge bekommen, das rasch grösser wurde. Stephen bat mich am Tag nach seinem Geburtstag, mit ihm zum Tierarzt zu fahren, den er gut kannte und den er mir vorstellen wollte. Zwei Tage später wurde die Hündin operiert und alles verlief bestens. Migie musste zwar eine Woche lang eine Halskrause tragen, um

sich nicht am Auge zu kratzen, aber sie ertrug dies ganz gelassen.
Stephens Bruder Chris kam für ein paar Tage und ich zog mich ein bisschen zurück, lud aber beide zum Essen in mein Haus ein, wo wir trotz „versalzenem“ Fisch gemeinsam sehr harmonische Stunden verbrachten. Danach, wie nun bei jeder Verabschiedung, machte ich Stephen ein Kreuzzeichen auf die Stirne und drückte einen Kuss darauf. Dies war ein schönes Ritual für uns beide geworden.
Kurz nachdem Chris wieder abgereist war, fand ich Stephen in der Früh im Hospiz ganz verzweifelt in seinem Bett. Die Krankenschwestern sagten mir, dass er alles verweigere und sie nicht mehr wissen, was sie tun sollen. Er hatte in der Nacht kaum geschlafen, nur geweint. Vielleicht hatte es damit zu tun, dass im Nebenzimmer ein Mann im Sterben lag und immer wieder aufschrie, und vielleicht war es auch das Abreisen - der Abschied - seines Bruders.
Sanft streichelte ich Stephens Kopf und dann bereitete ich ihm eine Schale Tee zu. Wir redeten ein bisschen und plötzlich bekam er Appetit auf ein Frühstück, das ich ihm in der Hospizküche selbst zubereiten durfte. Migie hatte auch dazu beigetragen, dass es ihm langsam wieder besser

ging und ich schlug vor, einen Ausflug zu machen. Diesmal mehr als einen halben Tag lang und natürlich mit offizieller Genehmigung der Hospizstation.
Wir fuhren ans Meer, Stephen wusste eine Stelle, wo man sich auf große flache Steine legen konnte. Dort kam er langsam wieder in seine Mitte und es war schön anzuschauen, wie sich alle Hunde rund um Stephen einen Platz gesucht hatten. Währenddessen bereitete ich eine gute Mahlzeit zu und beim Essen konnten wir wieder wunderbar miteinander reden. Wir umarmten uns mit unendlich viel Liebe und beide mit Tränen in den Augen, und ich dachte: „Mein Gott! Wie glücklich und dankbar hast Du uns nun gemacht."

Auf der Fahrt zurück zum Hospiz legte ich die Enigma-Variationen von Edward Elgar ins CD-Fach ein und Stephen meinte: „Du wirst immer an mich denken, wenn Du diese Musik hörst."
Im Hospiz teilten wir uns eine Abendmahlzeit und es tat so gut, ihn wieder lachen zu sehen.
Anschließend bat er mich seine Fußnägel zu schneiden. Ich wusch ihm die Füße, kürzte die Nägel und gab ihm eine Fußmassage. Auf einmal sagte er zu mir: „Hat nicht Jesus seinen Aposteln auch die Füße gewaschen?" Es

faszinierte mich, wie präsent das Leben von Jesus in Stephens Gedanken war.
Danach gab es eine kleine Überraschung für mich: Er zeigte mir Fotos seines Elternhauses, seiner ersten Tanzvorführung mit zehn Jahren und noch einige ganz persönliche Bilder. Er erzählte mir von seinen Eltern, zu denen er eine besonders liebevolle Beziehung gehabt hatte. In seinen Briefen an sie bedankte er sich oft, dass sie ihm das Leben geschenkt hatten. In diesen Tagen las mir Stephen oftmals aus seinem Manuskript vor und ich hörte ihm mit voller Konzentration beeindruckt zu. Ich spürte auch, wie wichtig es für ihn wäre einen Verlag zu finden.
Stephens Körper war stets durchtrainiert und sehr sportlich gewesen. Durch die Krankheit traten nun immer mehr physische Veränderungen auf und manchmal tat er sich beim Gehen schwer. So besorgte ich Trekking-Stöcke, die er gleich mit großer Freude verwendete.

Stephens Wunsch, wieder zurück in sein kleines Häuschen zu ziehen, versuchte er mit Hilfe einer Sozialarbeiterin und einer Krankenschwester zu verwirklichen. Zuvor hatte er noch jeder Hospizschwester einen persönlichen Dankesbrief geschrieben und sich ins dortige Gästebuch mit einer ganzen Seite eingetragen. Er erwähnte, dass

seine Eltern als Krankenpfleger eine ganz ähnliche Arbeit mit viel Liebe verrichtet hatten und unterschrieb mit „Stephen & Nannerl“.
Danach brachte ich ihn zur Lymphdrainage, die Gianluca organisiert hatte. Seinem angeschwollenen rechten Bein tat dies sehr gut, und als er zuhause in seinem Bett lag, wirkte er entspannt und glücklich. Doch dies hielt nur eine Nacht an, denn seine Schmerzen im Rücken wurden immer heftiger. So begleitete ich ihn am nächsten Tag ins Krankenhaus, wo ein durch Metastasen gebrochener Wirbel festgestellt wurde. Die Schmerzen bei der Untersuchung müssen höllisch für ihn gewesen sein, er weinte bitterlich. Ich versuchte ihn zu trösten, begleitete ihn auf die onkologische Station und seufzte leise: „Oh, mein Gott!“
Er wurde stationär aufgenommen, bekam Schmerzmittel und nach einiger Zeit konnten wir wieder in Ruhe miteinander reden. Stephen war sehr liebevoll und das gegenseitige Spüren war unglaublich intensiv. „Ich erkenne jetzt eine besondere Schönheit in deinem Gesicht“, sagte er zu mir. Dieses Kompliment zerfloss auf meiner Seele, und ich stellte fest, dass mich irgendetwas an Stephen an meinen Papa erinnerte, den ich mit zwölf Jahren verloren hatte. Ich entdeckte auf der onkologischen

Station einen leeren Raum, wohin wir uns ungestört zurückziehen konnten. Hier las Stephen mir abermals einige Passagen aus seinem Manuskript vor, das er fast immer bei sich hatte. Und ohne gestört zu werden, konnten wir in diesem Raum einander unsere starke Zuneigung zeigen.

Als ich ihn zwei Tage später abholte, um ihn zur Lymphdrainage zu bringen, lag er fertig angezogen im Bett und wollte nur weg von der Onkologie. Er war wütend auf diese Abteilung, weil sie in seinen Augen nichts gemacht hatten, um seinen Zustand zu verbessern. Beim Kiosk am Krankenhausgelände holte ich Kaffee für uns, Stephen setzte sich auf eine Bank in der Nähe. Als ich zu ihm zurückkam, bat ihn ein Angestellter des Krankenhauses etwas zu unterschreiben, was ihm jedoch widerstrebte. Es ging darum, dass Stephen die Chemotherapie abgelehnt hatte. Er wollte nur weg von hier. Es erschien noch ein Onkologe, der sehr einfühlsam mit Stephen umging, doch er unterschrieb nicht.
Beide übernachteten wir in seinem kleinen Häuschen. Ich hatte in der Nacht einen wundersamen Traum, es war etwas Beglückendes gewesen und als ich aufwachte, spürte ich ein herrliches Gefühl von Seligkeit. Bei Stephen

fühlte ich mich trotz seiner Krankheit so sehr geborgen. Die folgenden zwei Tage und Nächte verbrachten wir in meinem warmen kleinen Haus in Greppolungo. Hier gab es wieder gute Gespräche, schöne Musik und das Wichtigste: Viel Liebe und ungestörte Nähe.

Ein schmerzvolles Auseinandergehen

Im Krankenhaus versuchte ich Stephens Krankengeschichte zu bekommen, um mich damit in Salzburg an einen befreundeten Arzt zu wenden. Mein Italienisch war zwar halbwegs alltagstauglich, doch hier wurde ich von Pontius zu Pilatus geschickt, bis ich endlich etwas in der Hand hatte.

Ich spürte, dass mein Platz bei Stephen war, doch ich musste mich auch unbedingt um Vereinsagenden in Salzburg kümmern. Ich hoffte, dafür nur ein paar wenige Tage aufzuwenden und entschied mich, am 3. November nach Österreich zu fahren. In der Nacht vor meiner Abreise waren Stephen und ich unglaublich traurig, der Abschied in der Früh zerriss uns beiden fast das Herz. Stephen lag tränenüberströmt im Bett und sagte zu mir: „Geh einfach ganz langsam hinaus." Was ich auch tat und ich fragte mich: „Werden wir uns nochmals sehen auf dieser Welt?“

Fast die Hälfte der langen Fahrt weinte ich und betete zu unserem Herrgott, er möge Stephen trösten und beschützen. Dann begann ich Pläne zu schmieden, wie ich meine Arbeit in den nächsten Tagen am effizientesten organisieren könnte, um so schnell wie möglich wieder zu meinem geliebten Stephen zu fahren.
Ich hatte ihm ein gebrauchtes Mobiltelefon besorgt und so konnten wir uns zumindest durchs Telefon näher sein. Doch in seinem Häuschen war kein Empfang und er schaffte es oft nicht mehr, in den oberen Teil seines Gartens zu gehen, wo das Telefonieren möglich war. Ein paar wenige Tage lebte Stephen noch in seinen eigenen vier Wänden, dann wurde er wegen Harnwegsproblemen mit der Rettung, die Nachbarn gerufen hatten, wiederum auf die Onkologie gebracht. Kurz darauf wurde er ein zweites Mal ins Hospiz überstellt. Dort konnte ich ihn endlich telefonisch erreichen. Seine Stimme klang ziemlich schwach und er wirkte sehr müde. Trotzdem fragte er mich, ob wir, wenn ich wieder bei ihm wäre, mit dem VW-Bus einen Ausflug machen könnten.

Ich sprach in Salzburg mit dem befreundeten Arzt und der stellvertretenden Chef-Onkologin, sie meinten beide, dass eine Steigerung der Lebensqualität mit Chemo- und Antikörpertherapie eventuell möglich wäre. Und Stephen selbstverständlich in Salzburg behandelt werden könne.

Zwei liebevolle Briefe erhielt ich von ihm in dieser kurzen Zeit. Er schrieb mir unter anderem, dass er sich nie zuvor in seinem Leben einem anderen Menschen innerlich so dermaßen rasch geöffnet habe. Und das bedeute ihm unendlich viel. Neben seinen Eltern bin ich für ihn der Mensch mit dem größten Einfluss auf sein Leben, meinte er.

Ich ging in die Franziskanerkirche, um ganz still für mich alleine zu beten. Ich bat Gott inständig, Stephen noch etwas gute Zeit zu schenken, aber nur, wenn er nicht zu sehr leiden müsse. Ich bat unseren Schöpfer auch, ein bisschen auf mich zu schauen, damit meine Energie und meine Lebensfreude erhalten blieben. „Den Schmerz anlächeln“ - las ich bei Thich Nhat Hanh, einem vietnamesischen Mönch. Ich versuchte, unsere Liebe dem Göttlichen entgegen zu halten. Und ich wusste, dass erst dann wieder tiefer Friede in mir sein wird, wenn ich bei Stephen sein kann.

Abschied von der Toskana

Am 14. November traf ich am Nachmittag im Hospiz in Lucca ein. Am Gang begegnete mir Stephens Arzt und begleitete mich zum Rosengarten, wo Stephen saß. Diese erste Umarmung, dieses einander Spüren nach der Trennung, löste uns beide vollkommen in Tränen auf, ich weiß nicht mehr wie lange diese Szene dauerte. Als ich meine Augen wieder öffnete, war der Arzt gegangen. Stephen und ich waren im Himmel der Glückseligkeit, wir registrierten nichts mehr rund um uns. Nachdem ich etwas später Tee zubereitet hatte (ich kannte mich im Hospiz nun bereits ganz gut aus), erzählte ich Stephen von der Möglichkeit einer weiteren Behandlung in Salzburg. Er war sofort bereit, zu Chemo- und Antikörpertherapie nach Österreich zu fahren, am liebsten noch am selben Tag. Dann ging wirklich alles Schlag auf Schlag: Mein Telefonat mit der Salzburger Onkologie zur Reservierung eines Bettes für Stephen, anschließend das Gespräch mit dem Hospizarzt in Lucca und die Reisevorbereitungen.

Zwei Tage später fuhren wir in Stephens Haus, um alles für Salzburg einzupacken. Stephen wusste so genau, was ihm wichtig war und er mit auf die Reise nehmen wollte. Ich hatte ihm vor einiger Zeit mein Taukreuz aus Olivenholz geschenkt, nun legte er es sich um den Hals.

Dieses Kreuz in Form des Buchstabens „T“ hatte der Heilige Franziskus vielfach als Unterschrift verwendet sowie als Meditations- und Segenszeichen. Ich richtete Stephen auf der Rückbank des VW-Busses ein gemütliches Lager. Der Kofferraum war übervoll und auch am Beifahrersitz türmte sich das Gepäck. Und da waren noch vier große Hunde, die im Mittelteil untergebracht werden sollten - kein einfaches Unterfangen. Gianluca wollte auch noch mitfahren, aber das ging sich beim besten Willen nicht aus.
Es war uns klar, dass es eine sehr lange und beschwerliche Fahrt werden würde. Es war uns auch bewusst, dass sich Stephens Gesundheitszustand dabei so verschlechtern könnte, dass er sterben würde. Doch wir waren mutig und zuversichtlich. Vom Hospizarzt wurde Stephen für die Reise mit Schmerzmitteln eingedeckt und wir vereinbarten, dass ich ihn am darauffolgenden Tag um neun Uhr Früh im Hospiz abhole. Doch bereits kurz nach sieben Uhr erhielt ich eine SMS von ihm, dass er fertig und abfahrbereit sei.

Auch wenn es eng im VW-Bus war, tat das unserer guten Stimmung keinen Abbruch. Die ersten Stunden vergingen rasch, das Wetter war gut und die Fahrbahn trocken, so

kamen wir zügig voran. Bei einer Rast auf einem Autobahnparkplatz nahe Mantua aßen wir von der warmen Suppe, die ich noch in aller Früh gekocht hatte. Stephen tat diese Pause sehr gut, das ständige Rütteln im Auto war für ihn sehr anstrengend. Ein Stück vor Innsbruck rief ich meine Schwester Elisabeth an und bat sie, heißen Tee für uns zu kochen und zum Auto zu bringen, was sie gerne tat. Löffelweise gab ich dem sehr entkräfteten Stephen den warmen Tee ein. Er wirkte schwach und fühlte sich nicht gut. Auf der Strecke Innsbruck-Salzburg gab es viel Nebel und wir kamen nur langsam voran. Dann waren wir endlich zuhause in Salzburg. Wir hatten die Fahrt von etwa zwölf Stunden Dauer geschafft!
Natürlich war Stephen am nächsten Tag unendlich müde, die Reise hatte ihn an seine Grenzen gebracht. Er aß ganz wenig. Weil er Probleme mit dem Harnleiter hatte, war es wichtig, rasch medizinische Hilfe zu bekommen. Er bündelte seine ganze Energie und ich brachte ihn in die Salzburger Universitätsklinik auf die Onkologische Station. Er wurde dort sehr freundlich empfangen, bekam einen Katheter gesetzt und konnte sich im reservierten Bett ausrasten. Ich selbst war erleichtert, weil ich ihn in guten Händen fühlte. Zuhause konnte ich mich endlich wieder einmal intensiver unseren Vierbeinern widmen.

Am nächsten Vormittag fand ich Stephen guter Dinge vor. Er diktierte mir eine E-Mail an seinen Freund in Chicago. Ich konnte bei der Ärztevisite dabei sein, wo wir erfuhren, dass einige Untersuchungen anstehen, um einen Überblick zu bekommen. Stephen hatte ein Bett am Fenster und einige Zimmerkollegen, worüber er sich freute. Am Nachmittag kamen die Kinder der psychosomatischen Station mit den KIBELLO-Hunden und ihren Besitzerinnen auf die Wiese vor Stephens Fenster und machten Tricks und Abrufübungen. Stephen war schwer begeistert und winkte allen zu. Bisher hatte er von KIBELLO nur durch meine Erzählungen gehört, nun sah er es „live". Danach machten wir - Stephen im Rollstuhl mit Migie an der Leine und ich den Rolli schiebend - einen Spaziergang im Krankenhauspark, das war für uns drei wunderbar. Durch meine jahrelangen Einsätze in der Klinik kannte ich mich gut aus. Wir trafen zufällig noch ein KIBELLO-Team mit drei Hunden, auch das tat Stephen gut, er lächelte.

Jeden Tag wurden Untersuchungen durchgeführt, zu denen ich ihn begleitete. Beispielsweise zur Darmspiegelung, Angiografie und Computertomographie. Dann folgten die Gespräche mit den Onkologen. Wir erfuhren, dass die Metastasen in den Knochen, den

Lymphbahnen und in Leber und Lunge sind. Die Ärzte boten eine Chemotherapie an, um das Wachstum der Metastasen einzudämmen. Und Stephen willigte ein. Es wurde auch ein geeignetes Schmerzmittel gegen seine Probleme im Rücken, ausgelöst durch die gebrochenen Wirbel, gefunden, und er zeigte sich zufrieden und fröhlich. Wenn es das Wetter erlaubte, standen immer wieder Spaziergänge im Rolli, gemeinsam mit Migie am Programm. Wir wirkten so fröhlich dabei, dass uns ein unbekannter Mann fragte, ob er ein Foto von uns machen dürfe. Strahlend erlaubten wir es ihm.

Ich fragte Pater Alexander, ob er Stephen im Krankenhaus besuchen würde. Er kam und wir beteten gemeinsam das „Vater unser“, Stephen sprach es in Englisch, Pater Alexander und ich in Deutsch. Dann legte er ihm die Hände auf. Die heilige Kommunion lehnte Stephen jedoch ab. Pater Alexander ging im Krankenzimmer auch zu den anderen Patienten, um sie aufzumuntern.

Ich hatte Stephen einen neuen Video-Player gekauft und er freute sich sehr darüber. Wir schauten uns den Film des Regisseurs Franco Zeffirelli über den Heiligen Franziskus an. Dabei lagen - wie so oft - unsere Hände ganz sanft ineinander, ohne Druck. Immer wenn ich das

Krankenzimmer verließ, schickten wir uns Küsse durch die Luft und fingen sie mit einem Augenzwinkern und viel Lächeln auf.

Neben meiner Arbeit für KIBELLO besuchte ich Stephen täglich im Krankenhaus. Das Wetter war für Ende November ungewöhnlich mild, so fand ich ihn eines Tages in der Sonne im Park sitzend. Er hatte diese Strecke ganz allein ohne Rollstuhl geschafft. Er übte und trainierte auch das Stiegen steigen und er hatte Appetit.
Wir scherzten viel miteinander, das war gut und entspannend in dieser gesundheitlich sehr ernsten Situation. Beispielsweise fütterte er mich einmal mit seinem Kuchen und bat mich, dafür immer wieder die Augen zu schließen. Mein Gott! Wieviel wir dabei lachten!
Als ich am nächsten Nachmittag kam, schlief er tief und fest und konnte nach langem wieder schmerzfrei auf einer Körperseite liegen. Es war schön, ihm beim Atmen und genussvollen Schlafen zuzuschauen. Wie wunderbar, als er nach einiger Zeit seine Augen öffnete und wir uns umarmen konnten. Bei einbrechender Dunkelheit spazierten wir an diesem Nachmittag in den Park, natürlich war Migie wie immer dabei. Wir setzten uns auf

eine Bank und Stephen legte seinen Arm fest um mich. Ich legte meinen Kopf auf seine Schulter und ließ mich buchstäblich fallen. Das hatte ich mir schon lange gewünscht - ich war einfach glücklich! Wir sprachen über die Toskana, über unsere große Liebe und über das Loslassen.
Wieder zurück im Zimmer, war Stephen besonders zärtlich zu mir. Er küsste mich auf die Stirn und fuhr mir liebevoll durch die Haare. Er küsste auch mein neues Taukreuz, das ich um meinen Hals trug. Und seine Küsse hatten ganz viel Intensität. Was für ein Geschenk!

An einem Sonntagmorgen kam eine SMS von Stephen: „Schönen guten Morgen an dich und die Hunde! Heute gibt es Sonne, glaube ich und ich will davon so viel wie möglich profitieren. Draußen! Ich hoffe sehr, dass eure Nacht gut gelaufen ist und ich freue mich sehr auf dein lachendes, ausdrucksvolles Gesicht. Mit liebem Kuss an dich, St."
Aber seine Stimmungen wechselten. Am nächsten Tag war er unendlich traurig und weinte viel. Es gab noch einige Besprechungen mit den Ärzten der Urologie sowie der Chirurgie wegen eines Ports (Infusionen und

Medikamente können dadurch rascher in den Körper gelangen).

Zuhause in Salzburg

Am 27. November kam Stephen endlich zu mir und den Hunden nachhause. Ich war darüber sehr erleichtert. Der frisch zubereitete Vitamindrink und die Kürbissuppe schmeckten ihm gut und es war eine sehr entspannte Atmosphäre im Haus. Ich hatte in der Früh einen tollen, neuen Sportrollstuhl für ihn ausgeliehen, den er gleich im Wohnzimmer ausprobierte. Unsere Hausärztin zeigte mir, wie man seinen Katheter spült und wir fanden es gut, autark zu sein.

Am nächsten Tag fasste ich den Mut, meine Gebetsgebärde vor Stephen zu tanzen. Ich tat es unter Tränen.

Es war draußen kalt und winterlich geworden, wir wollten trotzdem mit den Hunden an die frische Luft. So packte ich Stephen gut mit Decken ein und fuhr mit ihm und allen vier Hunden nach Aigen. Dort gibt es einen asphaltierten Spazierweg, wo man den Rollstuhl leicht schieben konnte. Stephen hatte Freude daran, aber es wurde ihm sehr rasch kalt und wir drehten wieder um.

Er freute sich immer über Besuch. Am nächsten Tag kam Maria Gabriela, eine befreundete jüngere Ordensschwester, die von Beruf Krankenpflegerin ist. Wir beteten und sangen franziskanische Lieder. Vor dem Mittagessen sprach Schwester Maria Gabriela ein Segensgebet. Stephen hatte keinen großen Appetit. Ich fand es schön, dass wir seit Oktober immer vor dem Essen ein Gebet sprachen - abwechselnd und frei - Stephen sprach seines in Englisch und ich meines in Deutsch. Beten gehörte nun immer mehr zu unserem gemeinsamen Alltag.

Eines Tages hatten wir eine kleine Auseinandersetzung. Stephen mochte zwar meine Nähe, aber plötzlich zeigte er deutlich, dass sie ihm in diesem Moment zu viel wurde. Hier eine gute Balance zu halten, war für mich ein großer Lernprozess.

Ich sprach ihn am Abend noch einmal auf das Thema Nähe an, weil ich mich innerlich ziemlich verletzt fühlte. Da nahm Stephen meine Hände in die seinen und sprach ein freies Gebet, Gott möge uns einen guten, heilsamen und liebevollen Weg zeigen. Beide weinten wir.

Stephen hatte wieder mehr Appetit, ich bereitete ihm bereits am frühen Morgen ein kräftiges Frühstück zu: ein weiches Ei, Schinken, Käse, Kaffee und er genoss es. Aber in allen anderen Belangen mussten wir das Tempo verlangsamen.

Am Ersten Adventsonntag brachte uns eine Bekannte, die auch manchmal die Heilige Messe in der Franziskanerkirche besucht und in meiner Nähe wohnt, zwei Hostien, die ihr Pater Alexander mitgegeben hatte. Ich gab eine davon Stephen in die Hand und er gab mir die andere in meine Hand. Gemeinsam, die durch das Sakrament des Altares verwandelten „Brote" zu essen, verstärkte unsere Verbindung zu Gott noch mehr. Ich empfand es als heilige Handlung und war sehr dankbar.

Am Nachmittag besuchte uns abermals Schwester Maria Gabriela, diesmal mit einer Freundin, die Querflöte spielte. Maria Gabriela spielte gemeinsam mit meiner Schwester Elisabeth, die gerade zu Besuch war, Gitarre. Mein fröhlicher Lebenskünstler genoss im Schlafzimmer vom Bett aus die Live-Musik, unter anderem von Claude Debussy.

Alle zusammen spielten und sangen wir danach Weihnachtslieder und bei den englischen Liedern sang Stephen mit Freude mit.

Ein paar Tage später besuchte uns meine beste Freundin Gitti und lernte Stephen kennen. Sie schlug sofort vor, das

Bett zu verschieben, damit Stephen immer einen Blick auf den Berg Watzmann und den Untersberg haben könne. Gemeinsam setzten wir den Vorschlag sofort in die Tat um. Und mein „crazy dancer“ lächelte glücklich.

Der Hospizarzt und die ausnehmend nette Krankenschwester Miriam stellten sich auf mein Telefonat hin bei uns zuhause vor. Es ist wunderbar, dass es diese Einrichtung im Land Salzburg gibt, in Italien existierte zu dieser Zeit nur das stationäre Hospiz. Die Besuche waren regelmäßig, meist einmal wöchentlich. Ich konnte aber jederzeit telefonischen Rat einholen und wenn es neue Probleme gab, kam Schwester Miriam immer gerne zu uns. Das gab uns sehr viel Sicherheit und das Zuhause-Leben bedeutete natürlich auch viel mehr Freiheit für Stephen und mich.

Anfang Dezember, bei einem Besuch von Schwester Miriam, ging er selbst zur Tür, als sie klingelte. Er öffnete die Haustür mit einer galanten Verbeugung und hieß sie charmant willkommen. Miriam sagte beim Verabschieden zu mir, dass mein letztes großes Geschenk an Stephen etwas ganz Besonderes sei: ihm die Möglichkeit zu geben, sein Leben zuhause zu beenden.

Nachdem sich Stephen nun immer öfter im Rollstuhl vorwärtsbewegte, kam mir eine Idee. Ich kannte eine junge Dame im Rollstuhl von der ich wusste, dass sie mit großem Erfolg bei internationalen Turnieren tanzte. Sie erzählte mir, wo das Training in Salzburg stattfindet. Stephen wollte sich das einmal anzuschauen. Er sammelte seine ganze Energie, denn es war kalt und schneite. In der Trainingshalle wurde bereits geübt und die Tänzer und Tänzerinnen bemühten sich sehr, den Zuschauern etwas zu bieten. Doch verglichen mit Stephens ausdrucksstarkem Tanz wirkten die Bewegungen mechanisch. Stephen hatte zwar Respekt vor den Leistungen, aber es war nicht das Richtige für ihn. Das konnte ich verstehen, es war von mir ein gut gemeinter Versuch gewesen.

Nach dem Tod meines Mannes, der ebenfalls Krebs gehabt hatte, wurde mir eine Massage-Therapeutin empfohlen, die mir in dieser Zeit sehr geholfen hatte. Ich fragte sie, ob sie zu uns nachhause kommen würde. Sie kam. Zuerst lockerte sie Stephens Körper sanft und es tat ihm gut. Dann meinte sie, dass es auch für meinen Körper und meine Seele in dieser Lebensphase gut wäre. Ich ließ es gerne zu und ich spürte, dass sie auch in mir vieles zum Fließen brachte.

Bald darauf bekam Stephen Lust zu tanzen. Unser großes, lichtdurchflutetes Schlafzimmer wirkte durch den vielen Schnee vor den Fenstern noch heller als sonst. Er wählte die Filmmusik von „Maos last Dance“ und ich holte meinen Fotoapparat. Er stützte sich an der Bettkante mit seinem Gesäß ab und tanzte sehr intensiv mit seinem Oberkörper, den Armen, Händen und dem Kopf. Dann schaffte er es aufzustehen und im Stehen weiter zu tanzen. Der Ausdruck seiner Augen und die Mimik im Gesicht spiegelten einen glücklichen Stephen. Er gab sich ganz diesem Tanz hin und bildete eine Einheit mit der Musik. Ich war fasziniert, wieviel Energie mein Lebenskünstler in diesem schwerkranken Zustand noch mobilisieren konnte. In manchen Momenten erschien er mir wie „abgehoben“, wie in einer anderen Welt.

Eisiger Wind

Ein paar Tage danach verschlechterte sich sein Zustand und ich musste um Mitternacht die Rettung rufen. Es war viel Blut durch den Katheter in den Urinbeutel geflossen. Stephen bekam ein Bett auf der urologischen Abteilung und beste Behandlung. Natürlich begleitete ich ihn zur Untersuchung und er war erleichtert, dass ich mit den

Ärzten vieles besprechen konnte. Sein Deutsch war zwar recht gut, doch in etwas angespannten Situationen war es ihm auf diese Art lieber. Sehr erleichtert waren wir beide, dass ich ihn am nächsten Vormittag wieder abholen konnte und das Problem vorerst behoben war.

Es war ein strahlender Wintertag und ich schlug vor, direkt vom Krankenhaus auf den Gaisberg, einen Salzburger „Hausberg“ mit etwas mehr als 1200 Höhenmetern zu fahren. Stephen war sofort einverstanden. Ich hatte heißen Tee in der Thermoskanne mit, damit er sich auch von innen aufwärmen konnte. Die Sicht vom Gaisberg aus in die Alpen war sehr klar, man konnte das Tennengebirge, den Dachstein und viele andere Bergmassive erkennen. Der Schnee glitzerte in der Sonne und der blitzblaue Himmel rundete das wunderbare Bild ab. Die Hunde hatten viel Spaß im hohen Schnee und Stephen lachte beim Beobachten. Er selbst blieb aber im Auto, da ein sehr eisiger Wind am Plateau des Gaisbergs blies.

Ich fuhr sehr langsam zurück und blieb auch immer wieder stehen, damit wir die funkelnden Schneefelder in unseren Herzen aufnehmen konnten. Dieser Ausflug tat Stephen sehr gut, er zeigte sich ausgeglichen und glücklich.

Bevor er zum abgesprochenen Termin wieder auf die onkologische Abteilung kam, machten wir noch einen Ausflug nach Krispl, etwa dreißig Kilometer von Salzburg entfernt. Meterhoher Schnee, einsame Hütten und keine Menschenseele, außer uns und den Hunden.
Für Stephens achtjährige Hündin Migie war es hier in Salzburg der erste Kontakt mit diesem kalten Weiß. Sie war, verglichen mit meinen Golden Retrievern, sehr behutsam; gewälzt hat sie sich nie im Schnee, doch gefressen hat sie Mengen davon. Stephen fror sehr schnell und so war auch dieser Ausflug nicht von langer Dauer. Wir fuhren über das Wiestal und die Schwaitl zurück nach Hause.

Wieder im Krankenhaus

Ein kleiner operativer Eingriff mit Narkose war notwendig. Wie schon mit den Ärzten beim ersten Aufenthalt besprochen, wurde ein Port gelegt und Stephen war bald danach bereits wieder guter Dinge. Dann sollte die zweite Chemotherapie beginnen, er hatte auf die erste gut angesprochen, und die Werte hatten sich gebessert. Die Gespräche, die wir in den Tagen zuvor geführt hatten

waren oft ziemlich ernst, aber auch sehr liebevoll gewesen.
Da Stephen mit einem Bettnachbarn einen netten Kontakt geschlossen hatte, unterhielten sich die beiden auch über die Fortsetzung der Chemotherapie. Als ich ihn am darauffolgenden Morgen besuchte, sagte er mir, dass er die Chemotherapie nicht fortsetzen werde und alle anderen Behandlungen ablehne. Das hatte ich nicht erwartet. Der Oberarzt bat mich zu einem Gespräch und bestätigte mir Stephens Entschluss nochmals.
Ich versuchte mich in Stephens Lage zu versetzen und es wurde mir klar, dass ich ihn nicht überreden würde, seine Entscheidung zu revidieren. Es war sein Leben und seine Entscheidung - das respektierte ich. Wenn jemand wie Stephen, dem Freiheit in jeder Form sehr wichtig war, einen Entschluss gefasst hatte, war es seine ganz persönliche Sache. Ob die zweite Chemotherapie mit einer eventuellen Lebensverlängerung noch gute Lebensqualität gebracht hätte, blieb somit offen. Als ich mich nach dem Arztgespräch wieder gesammelt hatte und zu Stephen ins Zimmer zurückkam, wirkte er sehr erleichtert, dass ich seine Entscheidung akzeptierte. Wir nahmen uns vor, das Beste aus der Situation zu machen.

Es war wenige Tage vor Weihnachten und eine Sängergruppe besuchte jedes Krankenzimmer, um den Patienten Weihnachtslieder zu singen und ein Säckchen mit Weihrauch zu bringen. „In dieser Heiligen Nacht sei die Liebe und der Frieden Gottes mit dir. Gott behüte, begleite und segne dich" stand auf der angehängten Karte. An Stephens Bett sitzend, uns umarmend, hörten wir den Sängern zu und unsere Gesichter waren tränennass.
Stephen wurde aus dem Krankenhaus entlassen. In der Apotheke besorgte ich die verschriebenen Medikamente für Zuhause, wir verabschiedeten uns von Ärzten und Schwestern und fuhren heim.
Noch einmal entführte ich Stephen in die Berge, auf die Erentrudis Alm, wieder mit heißem Tee und Wärmeflasche für ihn. Doch es ging ihm nicht gut, und mir natürlich auch nicht, aber wenigstens die Hunde hatten im Schnee viel Spaß.

Der Heilige Abend

Es war unser erster gemeinsamer Weihnachtsabend und wir spürten, dass es auch unser letzter sein würde. Im Oktober hatte Stephen davon gesprochen, dass es schön wäre, gemeinsam Weihnachten zu feiern. Damals hatte ich nicht einmal davon zu träumen gewagt.

Nun hingen im Schlafzimmer an langen roten Bändern die unzähligen Weihnachtskarten, die wir von Familie und Freunden bekommen hatten. Eine Fichte, mit roten schlichten Wachskerzen geschmückt, zauberte eine besondere Stimmung.

Renate Frank-Reinecke, eine mit Stephen befreundete Opernsängerin aus Deutschland, hatte eine Aufnahme zweier Händel-Arien an meine Adresse geschickt und ich legte sie als Überraschung in den CD-Player. Ihre wunderschöne Stimme, die Stephen sehr gerne mochte, erfüllte den Raum.

Jeder von uns schenkte dem anderen einen handgeschriebenen Brief. Das Schreiben hatte Stephen sehr viel Kraft gekostet. Doch welcher Reichtum lag in meinen Händen und berührte meine Seele tief: „Ich danke Gott, dass wir uns begegnet sind und uns beide eine bedingungslose gegenseitige Liebe erfüllt!“ Das waren die letzten geschriebenen Worte seines Weihnachtsbriefes.

Wir versuchten jeden Moment bewusst und intensiv zu leben. Nichts um uns herum war mehr wichtig: Was zählte, war einzig und allein unsere Liebe.

Draußen war eisige Kälte und Schnee, aber in unseren Herzen und im Haus war ganz viel Wärme.
Ich fragte Stephen, ob er sich bei Renate per Telefon für die Arien bedanken wolle und er stimmte gleich zu. Wir hatten nur ihre Festnetznummer, da sie aber nicht zuhause Weihnachten feierte, sprach ihr Stephen auf den Anrufbeantworter, natürlich in Deutsch, doch mit schwacher Stimme.
Zeit und Raum lösten sich in diesen Weihnachtstagen mit Stephen auf, unser Umgang war ein zärtlicher und ein sehr achtsamer. Seine Küsse waren sehr sanft und innig - Kostbarkeiten! Mein Wunsch, mein Leben für seines zu geben, war immer noch und immer wieder da.

Am Nachmittag des Silvestertages sah ich Stephen zum letzten Mal tanzen. Er saß wieder auf der Bettkante, ziemlich schwach, aber er war sehr konzentriert und von der Musik erfüllt. Das Tanzen war sein Leben!
Bereits am Abend hörten wir Raketen und Böller und so ging es fast die ganze Nacht durch. Für Stephen und die Hunde ein Alptraum, aber auch ich fand es entsetzlich. Und wir konnten vor diesem ohrenbetäubenden Lärm nicht flüchten. Es schien eine seiner schrecklichsten Nächte gewesen zu sein. Der immense Lärm war auch

durch laute Musik nicht zu mindern. Die Fenster klirrten, als wären sie kurz vorm Zerspringen. Ich bekam eine richtige Wut, denn Stephen war verzweifelt und die Hunde zitterten am ganzen Leib. Doch wir waren dieser Silvesterknallerei ausgeliefert, weil natürlich niemand eine Ahnung davon hatte, was man diesem todkranken Menschen damit antat. Ich versuchte Stephen Geborgenheit zu geben, hielt seine Hand, doch seine Verfassung war schrecklich. Erst gegen Morgen kehrten Ruhe und Friede ein.

Das Jahr 2013 war angebrochen. Wir verschwendeten keinen Gedanken, wieviel gemeinsame Zeit des neuen Jahres uns noch vergönnt sein werde. Beide lebten wir ausschließlich im gegenwärtigen Augenblick.

Ein Lebenskünstler auch im Sterben

Am 1. Jänner sah ich in der Früh wieder Blut im Urinbeutel und rief das mobile Hospiz-Team an. Schwester Miriam kam, wechselte den Beutel und brachte Utensilien für den Notfall mit.

Die onkologische Abteilung hatte ja bereits im November, kurz nach Stephens Aufnahme, ein wirksames Schmerzmittel gegen seine starken Rückenbeschwerden

gefunden. So war zumindest eine relative Schmerzfreiheit gegeben. Nun wollte Stephen außer diesem Schmerzmittel keine anderen Medikamente mehr zu sich nehmen. Schwester Miriam erklärte mir, in welchem Rhythmus die neu dazugekommenen Schmerzpflaster zu kleben seien.
Sie beruhigte mich und gab mir viel Sicherheit. Ich fragte mich: „Wird mein Lebenskünstler Stephen auch ein Künstler beim Sterben sein?“
Am 2. Jänner - wir lagen noch im Bett - bedankte sich Stephen auf Italienisch bei mir für alles, was ich für ihn getan habe. Ich selbst aber war dankbar, ihm zur Seite stehen und ihn pflegen zu können. Er war einverstanden, dass die Hospizschwester ihm eine kleine Nadel unter die Haut legte, damit ich ihn einfacher und schneller schmerzfrei halten konnte.
Stephens Gesicht war in diesen Tagen von einer überirdischen Schönheit, oft sehr entspannt und friedlich. Seine Zärtlichkeiten machten mich reich und meine Zärtlichkeiten machten ihn glücklich. Immer wieder sagte ich zu ihm: „Stephen, uns gehört alle Zeit der Welt!“
Traurigkeit und Gefasstheit wechselten sich bei mir ab.
Am 4. Jänner hörte ich bei ihm ein sehr beunruhigendes Geräusch beim Atmen. Da kamen mir die Worte von Siegfried Antonello Schwendtner wieder in den Sinn:

„Mut und Vertrauen wünsche ich Euch.“ Sie standen auf seiner Weihnachtskarte, auf der er einen kranken Menschen und einen ihn umarmenden Engel gemalt hatte: auf einer Farbskala mit rotem Zentrum. Diese Karte stand lange auf Stephens Nachttisch.

Als er nicht mehr vom Bett aufstehen konnte, wusch ich ihn dort, lagerte ihn um, überzog unser Nachtlager frisch. Er trug ständig mein Taukreuz aus Holz. Und er erwartete seinen Tod.

Er hatte sich einige Tage zuvor bei mir entschuldigt, sollte er in dieser letzten Lebensphase anders und schwierig werden. Ich bemühte mich sehr geduldig zu sein. Immer wieder hörten wir gemeinsam Musik, besonders gerne mochte er nach wie vor die „Vier letzten Lieder“ von Richard Strauss.

Am 6. Jänner bat ich Pater Alexander, Stephen die Krankensalbung zu spenden. Pater Alexander sprach sehr liebevoll mit ihm und fragte, ob er die heilige Kommunion empfangen wolle, Stephen bejahte diesmal. Er salbte ihn und segnete uns beide. Es war sehr viel Frieden im Raum. Ich hatte das Kreuz von San Damiano (eine Kopie aus Assisi) aus der Küche geholt und Kerzen angezündet. Stephen war erschöpft, aber ganz wach.

Am nächsten Abend motivierte er mich, für ihn zu tanzen. Es schien wie von selbst zu gehen. Ich wählte das Preludio Sinfonico von Giacomo Puccini und zog mein weißes, selbstgenähtes Tanzkleid an. Ich tanzte mit Freude und meine Bewegungen waren fließend und weich. Manches Mal nahm ich Stephens Arme und integrierte ihn in meine Bewegungen. Er lächelte dabei in seiner so besonderen Art und Weise - ehrlich und von Herzen kommend. Nach meinem Tanz applaudierte er, strahlte und zog mich an sich. „Bitte, tanze jeden Abend für mich", diesem Wunsch kam ich gerne nach.
Die Tage und Nächte waren erfüllt von unserer unendlichen Liebe, die sich in Worten nicht ausdrücken lässt. Miriam vom mobilen Hospiz-Team und auch unsere Hausärztin, die zum Katheterwechseln kam, sagten beide dasselbe: In diesem Haus, an diesem Platz, spürten sie eine ganz starke Atmosphäre der Liebe.

Ich fragte Stephen, ob er mir für seine Familie und seine Freunde eine Art Vermächtnis diktieren möchte, denn alle werden sehr traurig sein, wenn er diese Welt verlässt. Er fand dies eine sehr gute Idee, wenn alle sozusagen nach seinem Tod noch einen Brief von ihm bekommen werden. Und sofort formulierte er seine Abschiedszeilen in

Englisch: „Meine lieben und teuren Freunde, Brüder, Schwägerinnen, Nichten, Neffen und deren Kinder!
Ich denke, was ich hier sagen möchte, wird nicht lang und morbid werden. Dafür mehr im Licht der Lebensreise eines Straßentänzers. Und genauso möchte ich, dass ihr mich alle in Erinnerung behaltet, denn meine Lebenstour auf diesem Planeten Erde war wirklich eine schöne Reise mit außergewöhnlichen Freuden und viel Zufriedenheit. Doch nun spüre ich, dass mich diese Reise woanders hinführt und Gott mich nach Hause ruft (ich kann nicht warten).
Ich danke Euch allen, meine wahren Freunde, deren Freundschaft ich so hochgeschätzt habe. Glaubt mir bitte, dort, wohin ich nun gehen werde, wird es viel leichter und besser sein als jetzt und hier. Obwohl das Jetzt und Hier, seit ich mit Nannerl zusammenlebe, nicht weit weg vom Paradies ist, in das ich hoffentlich eingehen werde.
Kumpels, vergesst nicht! Das Leben ist fantastisch! Es hängt nur davon ab, aus welchem Blickwinkel ihr es anschaut.
Ich wünsche euch allen viel Gutes auf euren weiteren Lebensreisen und schicke euch meine Liebe und die besten Wünsche. Stephen“

Meine Schwester kam aus Innsbruck, um mich ein bisschen zu entlasten. Und Gianluca aus der Toskana kam ebenfalls mit dem Zug angereist, um Stephen noch einmal zu sehen.
Ich organisierte ein verstellbares Krankenbett und ließ es so aufstellen, dass Stephen nahe am Fenster war. Von dort konnte er die Berge gut sehen und auch die vielen Wintervögel, für die ich Futter hoch oben im Kirschbaum aufgehängt hatte. Eine ganze Horde Schwanzmeisen kam regelmäßig zu dieser Futterstelle und wir freuten uns immer sie zu beobachten.
In manchen Nächten war Stephen sehr unruhig, ab und zu war auch seine Atmung flach. Wenn ich seinen Bauch oder seine Füße massierte, konnte er sich gut entspannen und wurde wieder ruhig. Einmal brachte ich einen Schneeball von draußen ins Zimmer und ließ ihn auf seinem warmen Bauch schmelzen - wir lachten sehr. Denn selbst in dieser letzten Lebensphase begleitete uns immer wieder Humor.
Bisher hatte ich Stephen allein gelassen, wenn ich mit den Hunden Spaziergänge machte. Er bat mich nun, möglichst immer bei ihm zu bleiben, weil er Angst vor Atemnot hatte. Wenn sich unsere Augen in die des anderen versenkten, wenn Stephen meinen Kopf in seine Hände

nahm, wenn seine innigen und intensiven Küsse mir selbst den Atem nahmen, dann war ich einfach nur glücklich. Wenn ich zu ihm ins schmale Krankenbett kroch, fühlte ich mich geliebt und geborgen.

Es war der 21. Jänner und Schwester Miriam bettete mit mir gemeinsam Stephen um. Zum Umlagern legte er seine Arme um mich und ließ mich dann viele Minuten nicht mehr los, während Miriam langsam das Zimmer verließ. Als ich ein paar Stunden später im Nebenzimmer am PC saß, um E-Mails zu schreiben, hörte ich einen lauten Polterer. Stephen war aus dem Krankenbett gefallen, ich hatte die Absperrung nicht hoch genug hinaufgeschoben. Mein Gott! Wie leid mir dies tat. Ich schaffte es nicht allein, ihn wieder ins Bett zurück zu heben. Schnell rief ich meine Nachbarin an und gemeinsam gelang es uns. Das hölzerne Taukreuz hatte ihm eine blutende Wunde auf der Stirn zugefügt, die ich verarztete. Und ich bat Stephen um Verzeihung, die er mir auch gleich schenkte.

Am 22. Jänner schloss er mich wieder mit der noch verbleibenden Kraft in seine Arme und küsste mich liebevoll. Dann nahm er sein Taukreuz ab und hängte es um meinen Hals. So viel Göttliches spürte ich in dieser Handlung und in unserer Liebe, auch wenn mir dabei klar wurde, dass das Zurückgeben des Taukreuzes ein

Abschiedsritual war. Der Ausdruck auf seinem Gesicht war ruhig und gelassen, sein Körper und seine Hände waren ganz entspannt.

Aus vielen Ländern kamen nach wie vor Briefe und E-Mails an Stephen. Aber nun wollte er sie nicht mehr lesen oder vorgelesen bekommen.
Doch mein Tanzen und die Musik liebte er immer noch. Beim Sprechen war er manches Mal nicht gut zu verstehen und außer ein bisschen Obst, Tee und Apfelsaft nahm er nichts mehr zu sich. Oft half ich Migie auf Stephens hohes Krankenbett zu springen, dann kuschelte sie sich zu ihm. In dieser Woche schickten uns Stephens Brüder einen wunderbaren Blumengruß mit weißen Lilien, den ich zu seinem Bett stellte. Jeden Tag tanzte ich für Stephen in meinem weißen Kleid zu Puccinis Musik. Und jeden Tag schien uns dieser Tanz noch tiefer und inniger zu verbinden.
Der 24. Jänner schenkte uns abermals eine Zeit mit liebevollsten Umarmungen und Küssen, ich genoss den Duft seiner Haut und spürte, dass die Liebe Stephens Krankheit verdrängt hatte. Für ihn und mich gab es nur Augenblicke der Verbundenheit: Es war der gemeinsame kurze Lebensweg, den wir kompromisslos miteinander

gingen, mit einem Bewusstsein unglaublicher Intensität. Jeder von uns beiden fühlte sich bei und im anderen „Zuhause“.

Abends bekam Stephen Probleme beim Atemholen und ich rief beim mobilen Hospiz-Team an. Ich wusste, dass er Angst vor Atemnot hatte und er bekam ein Medikament zur Entspannung gespritzt. Das Geräusch in der Lunge legte sich nach kurzer Zeit. In der Früh war eine ruhige Atmosphäre im Zimmer, Stephens Hände und Füße waren warm, aber er antwortete nicht mehr, wenn ich ihn ansprach. Migie lag im Doppelbett daneben und schaute mich mit großen Augen an. Draußen schneite es leise.
Immer wieder legte ich an diesem und auch am nächsten Tag unsere Lieblingsmusikstücke auf. Stephen atmete regelmäßig. Und immer wieder bewegte er seinen linken Arm, er ließ ihn „tanzen“.
Wenn wir über seinen Tod gesprochen hatten, sah Stephen ihn als sein letztes großes Abenteuer. Er hatte immer Herausforderungen in seinem Leben geliebt.

Es war Sonntag, 27. Jänner. Elisabeth brachte wieder zwei Hostien von der Heiligen Messe in der Franziskanerkirche mit - ich empfand dies ganz besonders segensreich, gab

Stephen ein kleines Stückchen davon in den Mund und sprach dabei ein Gebet. Alle vier bis fünf Stunden spritzte ich ihm ein Schmerzmittel und klebte noch einmal ein neues Schmerzpflaster, um ganz sicher zu gehen, dass er schmerzfrei war. Und natürlich tanzte ich auch an diesem Tag für ihn. Ich verbrachte fast die ganze Zeit neben oder in seinem Bett und ging nur schnell einmal in die Küche, um etwas zu essen. Als ich zurückkam, sagte mir mein Gefühl, dass ich gleich zu Stephen ins Bett kommen soll, um ihn in meine Arme zu nehmen.

Ich merkte, dass die Pausen zwischen seinen Atemzügen größer wurden. Drei Mal spürte ich noch seinen Atem, dann hörte sein Herz zu schlagen auf. Ich saß am Kopfende seines Bettes, sein Kopf lag in meinem Schoß. Sein Hinübergehen in die andere Dimension war wie ein sanftes Gleiten, ein friedliches Loslassen. Eine ganz intensive Stille war im Raum und meine Tränen rannen auf seine Stirn. Ich bat Gott, Stephen in seine liebevollen Arme zu nehmen. Auf seinem Gesicht lag ein zartes Lächeln und viel Frieden - auf seiner Brust lag das Kreuz aus San Damiano. Daneben ein Sträußchen Blumen, letzte Worte von Elisabeth und Gianluca, meine eigenen letzten Zeilen an ihn sowie ein Foto seines Freundes aus Chicago samt Familie.

Ich entzündete viele Kerzen in den Farben rot, gelb und orange. Und ich tanzte noch einen letzten Tanz für meinen Stephen. Dabei fiel mir ein, dass heute Mozarts Geburtstag war.
Mein Gott! Mein Stephen! Was für ein besonderer Mensch er war! Wieviel Geduld, Achtsamkeit und Liebe waren in ihm. Welch kleinen ökologischen Fußabdruck hatte er hinterlassen in seinem sparsamen und schlichten Leben. Ich spürte seine Umarmungen, sah seine Augen, ich fühlte seinen Mund auf meinem. Wie dankbar war ich für diese vergangenen neun Monate - der Zeitraum einer Schwangerschaft - ich werde für mein restliches Leben unsere wunderbare gemeinsame und bedingungslose Liebe in mir tragen.

In anderen Sphären

Am Sonntag, dem 3. Februar 2013, zelebrierte Pater Alexander in der Franziskanerkirche einen Gottesdienst für Stephen. An diesem Tag war die Lesung aus dem ersten Brief an die Korinther (13/13): „Für jetzt bleiben Glaube, Hoffnung, Liebe, diese drei: doch am größten unter ihnen ist die Liebe.“ Ich bewahrte diese kostbaren Worte in meinem Herzen.

Freunde und Freundinnen waren zu dieser Eucharistiefeier gekommen, bei der zum Abschluss die Orgel Bachs „Ave-Maria“ spielte. Zu diesem Musikstück hatte Stephen vor den schneebedeckten Bergen auf 2000 Meter getanzt. Es war das letzte Stück seines Films gewesen.

Viele Monate lang nach Stephens Tod lebte ich mein Leben in einem Raum zwischen Erde und Himmel, in anderen Sphären. Ich weinte lautlos Krüge voll Tränen, ganz egal wo ich mich befand - am öftesten in den Heiligen Messen. Ich versuchte zu lernen, mich auf den tiefen inneren Frieden einzulassen. In diesem inneren Frieden war mir Stephen ganz nah.
Niemals war ich überrascht, wenn ich von ihm träumte. Manchmal sah ich ihn nicht im Traum, sondern spürte nur, dass er bei mir war. Träume ohne Bild, Zeit und Raum - vielleicht eine ganz kleine Ahnung der nächsten Dimension? Ich hörte ihn in der Nacht meinen Namen rufen, ohne dass ich von ihm träumte.
Es kamen auch Tage, wo ich so traurig war, dass ich nur eine Möglichkeit sah und spürte: es einfach auszuhalten. Ich dachte an die vielen anderen Menschen, die auch über einen schweren Verlust trauerten. So sehr sehnte ich mich nach Stephen, nach der Leichtigkeit und Harmonie unserer

tiefen, bedingungslosen Liebe, dass ich in manchen Augenblicken meinen eigenen Tod herbeiwünschte. Vor meinem eigenen Sterben spürte und spüre ich keine Angst. Dazu trug auch eine Aussage von Stephen bei: „Wenn Dein Leben zu Ende geht und Du sterben wirst, werde ich bei Dir sein“.
Oft tanzte ich nun in unserem Schlafzimmer. Dabei konnte ich meinem „crazy dancer“ ganz besonders nahe sein und streckte immer wieder meine Arme und Hände zum Himmel aus. In der nächsten Sekunde schossen mir Tränen in die Augen, aber ich hörte nicht auf zu tanzen. Es machte mich so frei und gab mir manchmal sogar kurze Momente des Glücks. Es ließ mich im gegenwärtigen Augenblick sein, ohne Anstrengung, ganz von selbst.

Stephen hatte mir zwei Gedanken mitgegeben, zwei kleine Lebenshilfen für die Zeit nach seinem Tod:
„Verwende keine wenn-Sätze“ und „Erwarte nichts, weder im Großen noch im Kleinen.“

Ebenso war und ist Schreiben für mich wichtig. Mein Tagebuch setzte sich fort - in Briefen an Stephen, die ich in mehrere Bücher schrieb und immer noch schreibe. Das bringt mich in einen Zustand von Ruhe und Achtsamkeit.

Eine sehr berührende Überraschung erlebte ich im Auferstehungsgottesdienst der Osternacht in der Franziskanerkirche, am 30. März 2013:
Pater Alexander war Hauptzelebrant und Prediger. Er sprach von seinen persönlichen Auferstehungs-Gedanken und ich hörte ihn über eine gefahrvolle lange Reise sprechen, wo eine Frau aus Salzburg einen schwer kranken Mann aus Italien geholt und ihn hier gepflegt hatte. Dass dieser Mann in den Armen der Salzburgerin gestorben war und dabei die Liebe den Tod überwunden hatte, schien für ihn viel mit „Auferstehung“ zu tun zu haben. Plötzlich realisierte ich: Pater Alexander meinte Stephen und mich!

Stephens Verabschiedung fand im Frühjahr 2013 in seinem Garten in der Toskana statt. Sein Bruder Chris hatte das Datum von sich aus vorgeschlagen, ohne zu ahnen, dass der 25. April der Tag unserer ersten Begegnung war: Ein Jahr zuvor! Es kamen Freunde und Freundinnen aus vielen Ländern Europas und ich empfand es als inniges Fest für Stephen.

Bei diesem Aufenthalt im Süden suchte ich einige Plätze auf, an denen wir gemeinsam so viel Schönes erlebt hatten. Es zog mich richtig dorthin, auch wenn ich dabei viel weinte. Als ich einmal beim türkisfarbenen Fluss mit den Hunden rastete, legte Migie ihren Kopf auf meinen Arm und schaute mich mit ihren glänzenden braunen Augen lange und intensiv an.

Ich tanzte auch einige Male auf Stephens Tanz-Terrasse in Fiano, wobei alle vier Hunde rund um den Tanzboden lagen.

Oft machte ich mit ihnen Spaziergänge am Meer. Dieser Rhythmus des Wassers tat meiner Seele gut. Wenn die Sonne ein Lichtband am Wasser sichtbar machte, sah ich Stephen in meinen Gedanken darauf tanzend auf mich zukommen.

Die Kinder aus Greppolungo brachten mir Blumensträuße mit violetten Schwertlilien und Steine in Herzform. Es waren sehr liebevolle Gesten. Mit den Kindern entdeckte ich im Mai in einem Olivenhain bei Einbruch der Dunkelheit die ersten riesengroßen Glühwürmchen dieses Jahres. Auch das war wieder eine beglückend-traurige Erinnerung an den vergangenen Sommer.

Die Rückfahrt nach Österreich wählte ich diesmal über den Lukmanier-Pass in der Schweiz, der die Kantone Graubünden und Tessin verbindet. Ohne zu suchen, führte mich Stephen zu den beiden Plätzen, wo er für seine Tanz-DVD gefilmt worden war. Ich befand mich auf fast 2000 Meter, mitten in tiefverschneiten Bergen, das Licht des Sonnenuntergangs war unbeschreiblich schön. Mir blieb vor Staunen fast die Luft weg!

Von Italien brachte ich Stephens zusammengerollten Tanzboden mit. Es war die Hälfte der Fläche, die er bei seinen Straßentänzen immer benützt hatte und es war für mich wunderbar, ihn auf meine Holzterrasse im Garten zu legen und auf ihm zu tanzen. Ich reinigte diesen Tanzboden nicht, denn es waren Stephens Spuren darauf.

Zusätzlich gab mir Gianluca in einem Topf einen kleinen Rosenstock mit, es war eine Rose aus Stephens Garten. Mein VW-Bus war zwar schon sehr angefüllt gewesen, aber Gianluca fand noch ein kleines Plätzchen für die Pflanze. In Salzburg bekam diese Rose einen größeren Topf und neue Erde. Seither blüht sie ohne Unterbrechung, Sommer wie Winter. Diese dunkelroten Blüten - ganz besonders in Winterskälte und Schnee - zeigen mir bis heute Stephens Liebe auf eine sehr ungewöhnliche Weise.

Stephens Buch wurde gedruckt

Stephens großer Wunsch, „Three Dogs and a Dancer“ als fertiges Buch in Händen zu halten, war in seiner Lebenszeit nicht in Erfüllung gegangen. Er hatte das Manuskript 1996 beendet und an viele Verlage in England geschickt, jedoch keine Zusage bekommen.

Im März 2014 wurde ich von Professor Séan Street, einem engen und langjährigen Freund Stephens gefragt, ob ich dem Manuskript einen Epilog in englischer Sprache hinzufügen würde - einen Text über die neun Monate unserer gemeinsamen Lebenszeit 2012/2013. Nach kurzem Überlegen sagte ich zu und verfasste ein knappes neunseitiges Nachwort. Dies war das Bindeglied zum Ende von Stephens Buch und dem Jahr seines Todes 2013.

Als ich im Herbst 2014 die erste Ausgabe in meinen Händen hielt, freute ich mich ungemein - ganz besonders in Stephens Namen. Ehrfürchtig öffnete ich das Paket und dann das Buch, auf dessen Umschlag Stephen mit seinen drei Hunden nahe den Gipfeln der Apuanischen Alpen abgebildet ist. Mit Hilfe seiner Brüder Chris und John sowie Professor Séan Street, Nick Buchanan und meinem Zutun, war dieser große Wunsch von Stephen postum doch noch in Erfüllung gegangen. Seine hochinteressante Lebensgeschichte von 1970 bis 1994 war nun endlich in englischer Sprache erschienen. Zu finden unter der ISBN-Nummer 978-1-326-04475-6.

Ein Stück offener Himmel

Im Juni 2013 durfte ich mit einer franziskanischen Pilgerschar unter Leitung von Pater Alexander eine Pilgerreise nach Assisi machen. Es war das einzige Mal seit vielen Jahren, dass ich ohne meine Hundeschar eine längere Reise unternahm. Meine Schwester Elisabeth hatte mir versprochen, diese sieben Tage und Nächte meine vier Hunde zu betreuen. Es war eine sehr heilsame Zeit für mich, auf der mich Stephen im Herzen begleitete. Bei zwei Heiligen Messen auf dieser Pilgerreise durfte ich die Lesung am Ambo lesen, das erste Mal in der Klosterkirche Wernberg in Kärnten, wo wir für die Eucharistiefeier und zum Frühstücken eine Pause eingelegt hatten. Das zweite Mal war es in Assisi in der ganz schlichten Kirche San Stefano - Stephens Namenspatron in Italien. Oberhalb der Stadt Assisi liegt die Einsiedelei des Heiligen Franziskus. Im Wald nahe der Einsiedelei feierten wir mit Pater Alexander eine ganz berührende Heilige Messe mitten in der Natur, bei der ich mit der Flöte das „Kyrie Eleison“ mitspielen durfte. In diesem Wald fand ich einen Wanderstock, den ich mit Blumen und kleinen Zweigen schmückte: mein „Pilgerstab“! Er wurde mein Symbol, einen neuen schmalen Pfad zu betreten, wo meine Traurigkeit leichter wird. „Herr, schenke mir die Gnade, diesen Weg in kleinen Schritten mit innerem Frieden zu gehen“.

Stephens Mischlingshündin Migie blieb fast fünf Jahre bei mir. Da sie gemeinsam mit ihrem Herrchen nach Salzburg gekommen war und noch zweieinhalb Monate mit ihm hier gelebt hatte, war die Umstellung für sie etwas einfacher. Doch sie vermisste Stephen und war anfangs aus meinem hundesicheren Garten immer wieder ausgerissen, über Mauern und Zäune geklettert. Das jagte mir viel Schrecken ein, weil ich mich sehr um sie sorgte. Vor meinem Haus ist viel Verkehr und hinter meinem Haus viel Wald mit Rehen. Und Migie hatte einen starken Jagdtrieb.
Natürlich begleitete sie mich auch auf jeder Reise in die Toskana und freute sich besonders, die vertrauten Wege in Stephens Ort zu gehen.

Als sie bei einem Spaziergang am Meer einen toten Fisch samt Angelhaken fraß, jagte sie mir wieder einen großen Schrecken ein. Ich fuhr rasch nach Salzburg zu meinem Tierarzt und der Haken wurde aus dem Magen herausoperiert, bevor er die Darmwände zerrissen hätte.

Meine drei Golden Retriever akzeptierten Migie als neues Rudelmitglied ohne Probleme. Ihre Instinkte waren viel stärker ausgeprägt als die meiner Rassehunde. Sie war immer die Erste, wenn es etwas zu hören, zu sehen oder zu riechen gab. Sie schenkte mir viel Trost, denn ich wusste, dass Stephen sie sehr gerne gehabt hatte. Unsere Beziehung wurde immer stärker, ich musste einfach erst lernen, sie mit ihrem Freiheitsdrang zu akzeptieren. Oft weinte ich in ihr Fell und oft kuschelte sie sich zu mir.

Am 25. Juli 2017 starb Migie, eine Woche vor ihrem dreizehnten Geburtstag. Für sie, die ihre Freiheit so geliebt hatte, musste nicht ich den Zeitpunkt des Todes bestimmen. Sie nahm sich auch am Ende ihres Lebens die Freiheit, über die Regenbogenbrücke zu gehen, als der richtige Zeitpunkt für sie gekommen war. Migie schlief friedlich ein. Das empfand ich als große Gnade.

Das Jahr 2019 hatte begonnen. Sechs Jahre waren inzwischen vergangen, seit Stephen diese Erde verlassen hatte. Tiefe Dankbarkeit und innerer Reichtum waren und sind meine Begleiter, so konnte und kann ich auf eine veränderte Art weiterleben: Glaubend und spürend, dass Gott jeden einzelnen Menschen liebt. Vertrauend darauf, dass wir alle am Ende unserer Lebensreise die Schwelle ins Licht Gottes überschreiten werden.

Eine für mich ganz besondere Begebenheit ereignete sich am 27. Jänner 2019: Stephens Sterbetag. Im Salzburger Landestheater fand eine internationale Ballettgala im Rahmen der Salzburger Mozartwoche statt. Ich hatte Eintrittskarten für meine Schwester Elisabeth und mich gekauft. Ein paar Wochen vor der Aufführung flatterte ein Newsletter der Stiftung Mozarteum herein, mit dem Wunsch und der Aufforderung, eine persönliche Mozartgeschichte zu schreiben. Die einzelnen Tanzsequenzen zu Musik von Mozart sollten durch diese Texte verbunden werden. Ich schickte meine persönliche Mozartgeschichte ab und erhielt drei Tage vor der Aufführung die Information, dass meine Zeilen für die Ballettgala vom Intendanten der Mozartwoche Rolando

Villazón und dem Choreographen Reginaldo Oliveira ausgewählt worden waren. Welche Überraschung!
Es war für mich ein traumhafter und bewegender Abend. Viele internationale Tänzerinnen und Tänzer boten zusammen mit dem Ballett des Salzburger Landestheaters eine dreistündige phantastische Vorstellung.
Als Rolando Villazón, mitten unter den Tänzern stehend, einen Briefbogen, der langsam von oberhalb der Bühne zur Erde schwebte, auffing, las er - in der Mitte meiner Geschichte beginnend - vor:
„Alle Arien der Zauberflöte sind mir im Lauf meines Lebens in Fleisch und Blut übergegangen. Emanuel Schikaneders Libretto war mir auch in persönlichen Lebenskrisen eine Hilfe, um Prüfungen, die Mut und Vertrauen erfordern, zu bestehen. Wie Krankheit und Tod meines Lebenspartners vor sechs Jahren - eines professionellen englischen Tänzers. Stephen starb am 27. Jänner, an Mozarts Geburtstag: in meinen Armen. Geschrieben von Nannerl Wenger."

Rolando Villazón hatte ganz langsam und sehr ausdrucksstark gelesen und verließ die Bühne sichtlich berührt. Als der Tanz zur „Maurerischen Trauermusik" von Mozart begann, bebte mein Herz nach wie vor.

Durch diesen Text war Stephen noch einmal auf eine ganz besondere Weise mit den Tänzerinnen und Tänzern auf der Bühne gegenwärtig gewesen.

Ich hatte nicht im leisesten geahnt, welch wunderbares Ereignis durch den Impuls meiner geschriebenen Zeilen entstanden war. Ein letzter großer Wunsch von Stephen an mich - geschrieben in seinem Weihnachtsbrief 2012 - war gerade in Erfüllung gegangen: Freudentränen für „UNS" zu vergießen, wo sich gerade ein Stück Himmel auf dieser Erde geöffnet hatte.

Unsere Liebe bleibt

Alles was schön ist, bleibt schön,
auch wenn es welkt.
Und unsere Liebe bleibt Liebe,
auch wenn wir sterben.
(Maxim Gorki)

****

Stephen Ward (1950 - 2013)

Geboren in Newcastle-upon-Tyne, Great Britain. Beginnt mit neun Jahren Ballettunterricht zu nehmen und wechselt mit sechzehn an die Royal Ballet School in London. Engagements beim Ballet Gulbenkian in Lissabon, an der Oper in Stockholm und dem Ballet Rambert in London, Solotänzer bei der Lucerne Opera Ballet Company. Weltweite Tourneen, bevor er seine eigene Tanzkompanie in Südengland gründet. Ab 1987 „ertanzt" er sich seinen Lebensunterhalt als Straßentänzer in ganz Europa. Lässt sich 1989 in der Nähe von Lucca (Toskana) nieder und lebt dort in einer umgebauten Scheune ohne Strom- und Wasseranschluss.
Sein Buch „Three Dogs and a Dancer" erschien 2014 (postum), ISBN 978-1-326-04475-6 (in englischer Sprache).

Nannerl Wenger (geboren 1953 in Salzburg)

Arbeitet seit 1996 mit Hunden in den Bereichen Assistenz- und Therapiehunde. 2002 bis 2007 Vorstandsmitglied bei Assistance Dogs Europe (ADEu). Gründet 2007 den Verein „KIBELLO" (Begegnungen von Kindern und Hunden), der in Kinderspitälern, Schulen und Kindergärten in Salzburg regelmäßige Interventionen mit Kindern und Jugendlichen durchführt. Nannerl Wenger lebt mit ihren zwei Hunden in Salzburg und in der Toskana.
Ihr Buch „Morris: Mein Leben", erschien 2009 beim Verlag edition fischer, ISBN 978-3-89950-348-7.